講談社文庫

仇《あだ》討《う》ち異聞

大江戸閻魔帳(八)

藤井邦夫

講談社

目次

『仇討《あだう》ち異聞　大江戸閻魔帳（八）』――人物紹介

青山麟太郎《あおやまりんたろう》　元浜町《もとはまちょう》の閻魔《えんま》長屋に住む若い浪人。戯作者《げさくしゃ》閻魔堂赤鬼《あかおに》。

蔦《つた》　日本橋通油町《にほんばしとおりあぶらちょう》の地本《じほん》問屋『蔦屋《つたや》』の二代目。蔦屋重三郎《じゅうざぶろう》の娘。

幸兵衛《こうべえ》　『蔦屋』の番頭。白髪眉《しらがまゆ》。

梶原八兵衛《かじわらはちべえ》　南町奉行所臨時廻《りんじまわ》り同心。

辰五郎《たつごろう》　岡《おか》っ引《ぴき》。連雀町《れんじゃくちょう》の親分。

亀吉《かめきち》　下《した》っ引《ぴき》。

義平《ぎへい》　薬種《やくしゅ》問屋『大黒堂《だいこくどう》』の隠居。夜釣《よづ》りが好き。

柳亭紅伝《りゅうていこうでん》　受け狙いの実名入り暴露話で人気を得る戯作者。

おきぬ　上野元黒門町《うえのもとくろもんちょう》の仏具屋『念仏堂《ねんぶつどう》』の女主《おんなあるじ》。妹おしんと店を営む。

おしま　閻魔長屋に住む妾《めかけ》。旦那《だんな》は京橋《きょうばし》の扇屋《おうぎや》『玉風堂《ぎょくふうどう》』の主。

風間左門《かざまさもん》　閻魔堂に倒れていた信濃《しなの》浪人。知り合いの倅《せがれ》を捜《さが》している。

根岸肥前守《ねぎしひぜんのかみ》　南町奉行。麟太郎のことを気にかける。

正木平九郎《まさきへいくろう》　南町奉行内与力《うちよりき》。代々、根岸家に仕える。

仇討《あだう》ち異聞

大江戸閻魔帳《えんまちょう》（八）

第一話　夜釣り

一

さあて、今日だ……。
戯作者《げさくしゃ》の閻魔《えんま》堂《どう》赤鬼《あかおに》こと青山麟太郎《あおやまりんたろう》は、掛け蒲団《ぶとん》を蹴飛《けと》ばして勢い良く起きた。
戸口の腰高障子《こしだかしょうじ》は日差しに明るく、既《すで》に昼に近い事を示していた。
麟太郎は耳を澄ました。
井戸端からおかみさんたちの声は聞こえず、洗濯とお喋《しゃべ》りの時は終わってる。
よし……。
麟太郎は、寝間着を脱ぎ棄《す》てて下帯一本になり、井戸端に走った。
井戸端には誰もいなかった。
麟太郎は、井戸端で顔を洗って歯を磨《みが》き、勢い良く頭から水を被《かぶ》って身震いした。

水飛沫《みずしぶき》は飛び散り、煌《きら》めいた。

鱗太郎は、着物を着てさっぱりとした面持ちで閻魔長屋の自宅を出た。そして、木戸の傍《そば》にある閻魔堂に手を合わせた。

何卒《なにとぞ》、今日発売の絵草紙の新作が売れますように、宜《よろ》しくお願いします……。

鱗太郎は、格子戸の奥の古い閻魔像にいつもより熱心に手を合わせて願った。

今日から発売される絵草紙『恋嵐、修羅《しゅら》の道行《みちゆき》』は、戯作者閻魔堂赤鬼の久々の会心の最新作なのだ。

これで、よし。自信もあれば、神頼みも充分にした……。

鱗太郎は、満足げに頷《うなず》き、張り切って通油町《とおりあぶらちょう》の地本《じほん》問屋『蔦屋《つたや》』に向かった。

「えっ……」

鱗太郎は、戸惑った面持ちで立ち止まった。

地本問屋『蔦屋』の店先には、客は一人もいなかった。

まさか……。

鱗太郎は、不吉な予感に襲われた。

会心の作『恋嵐、修羅の道行』は、売れていないのかもしれない。

麟太郎は、激しい衝撃に突き上げられた。

そして、番頭幸兵衛《こうべえ》の渋面と女主《おんなあるじ》のお蔦《つた》の呆《あき》れ顔を思い浮かべ、思わず物陰に入って深々と吐息《といき》を洩《も》らした。

どうする……。

麟太郎の弾んだ気持ちは一気に萎《な》え、気弱になった。

小僧の春吉《はるきち》が箒《ほうき》を持って現れ、欠伸《あくび》をしながら店先の掃除を始めた。

「春吉、春吉……」

麟太郎は、小僧の春吉を物陰から小声で呼んだ。

「あっ……」

春吉は、麟太郎に気が付き、掃除の手を止めて物陰にやって来た。

「何してんですか……」

「う、うん。どうかな。恋嵐、修羅の道行の売れ行きは……」

麟太郎は、恐る恐る訊《き》いた。

「ああ。赤鬼先生の新作の売れ行きですか……」

春吉は苦笑した。

「うん。どうかな……」

「売れていますよ」

「売れている……」

麟太郎は、思わず身を乗り出した。

「ええ。朝から三冊……」

春吉は、笑いながら告げた。

「たった三冊……」

麟太郎は、素《す》っ頓狂《とんきょう》な声を上げた。

「ええ。三冊……」

「して、お蔦の旦那《だんな》はどうしている……」

麟太郎は、女主のお蔦の様子が気になった。

「さあ、別に何も……」

「何も……」

麟太郎は戸惑った。

「ええ。いつもの事ですからね。で、さっきお出掛けになりましたよ」

「出掛けた……」

「ええ……」

春吉は頷いた。

「春吉、春吉は何処《どこ》だい……」

地本問屋『蔦屋』から番頭の幸兵衛の声がした。

「は、はい。じゃあ……」

春吉は、箒を担《かつ》いで慌《あわ》てて店に戻った。

「そうか……」

麟太郎は、肩を落とした。

腹が鳴った。

朝飯は未《ま》だだった。

麟太郎は、絵草紙『恋嵐、修羅の道行』の売れ行きを見て、朝飯で祝杯をあげる企てだった。

企ては脆《もろ》くも崩れた……。

麟太郎は、重い足取りで物陰を出て地本問屋『蔦屋』から離れた。

飯が美味《うま》いか不味《まず》いかも分らず、食べ終わった。

麟太郎の腹は落ち着いた。

さあて、どうする……。

会心の新作の売れ行きは悪く、既に貰《もら》っている稿料以上の金が入る事はない。

既に貰った稿料は、家賃や一膳飯屋《いちぜんめしや》の溜《た》まった附《つ》けなどを払うのに使い、残り僅《わず》かだ。

取り敢えず、何か仕事をして金を稼がなければならない。

よし……。

麟太郎は、一膳飯屋を出て小伝馬町《こでんまちょう》にある口入屋《くちいれや》『萬屋《よろずや》』に向かった。


口入屋『萬屋』は、朝の忙しい時も過ぎて閑散としていた。

「邪魔をする……」

麟太郎は、口入屋『萬屋』に入った。

眼鏡《めがね》を掛けた丸顔の中年男が、奥の帳場にいた。

「おや、珍しい……」

眼鏡を掛けた丸顔の中年男は、口入屋『萬屋』の主の萬吉《まんきち》だった。

「やあ。親父《おやじ》、何か良い仕事はないかな……」

麟太郎は尋《たず》ねた。

「おや。本業の方、芳《かんば》しくありませんか……」

萬吉は、麟太郎が閻魔堂赤鬼の筆名で絵草紙を書いている戯作者が本業だと知っていた。

「う、うん。まあな……」

麟太郎は言葉を濁した。

「それは、それは。それで、何か良い仕事ですか……」

萬吉は苦笑した。

「ああ。何かあるかな……」

「そうですねえ……」

萬吉は、口入帳簿を捲《めく》った。

麟太郎は、僅かな刻《とき》を待った。

「給金の良いので、石垣積み、なんてのがありますが……」

「無理だ……」

麟太郎は、その昔、崩れて来た岩の下敷きになり掛け、危うく命拾いした事があった。

「そうですか。じゃあ、太鼓持《たいこもち》のお付きなんてのは……」

「遠慮する……」

　麟太郎は、かって太鼓持のお付きで座敷に赴き、出来ない芸をさせられて笑い者になった覚えがあった。

「でしたら、薬種《やくしゅ》問屋の御隠居さまのお供なんてのは、どうです」

「薬種問屋の御隠居のお供……」

　麟太郎は眉《まゆ》をひそめた。

「ええ。夜釣りのお供でしてね。真夜中迄《まで》の仕事で、ま、それだけに給金もちょいとだけ良いですよ」

　萬吉は、それしかないと云《い》う風に口入帳簿を閉じた。

「分かった。薬種問屋の御隠居の夜釣りのお供の仕事をさせて貰う」

　麟太郎は、慌てて頷いた。

　先《ま》ずは、隠居の夜釣りのお供をして金を稼ぎ、絵草紙の題材になる出来事に出遭《であ》えれば更《さら》に良い……。

　麟太郎は、萬吉の口利き状を持って室町《むろまち》の薬種問屋『大黒堂《だいこくどう》』に向かった。

夕暮れ時。

日本橋《にほんばし》の通りに連なる店は閉店の仕度《したく》を始め、行き交う人々の中には仕事を終えて足早に家に帰る者もいた。

薬種問屋『大黒堂』は、室町三丁目の浮世小路《うきよこうじ》の曲がり角にあり、奉公人たちが店《みせ》仕舞《じま》いをしていた。

麟太郎は、口入屋『萬屋』の萬吉の口利き状を持って薬種問屋『大黒堂』を訪れた。

「此《こ》れは此れは、御苦労さまにございます。どうぞ、お上がり下さい……」

中年の番頭は、萬吉の口利き状を一読して麟太郎に告げた。

「うむ。邪魔をする」

麟太郎は帳場に上がり、番頭に誘《いざな》われて母屋の離れ家に進んだ。

「御隠居さま、萬屋の萬吉さんの口利きの方がお見えにございます」

番頭は、障子の外から離れ家の座敷に声を掛けた。

「おお、そうですか。入って戴《いただ》きなさい」

座敷から嗄《しわが》れ声が聞えた。

「はい。では、御免《ごめん》下さい」

番頭は障子を開け、麟太郎を促した。

麟太郎は頷き、番頭と共に座敷に入った。

小さな白髪髷《しらがまげ》の小柄な年寄りは、床の間を背にして何本もの釣竿《つりざお》の手入れをしていた。

薬種問屋『大黒堂』の隠居の義平《ぎへい》だった。

「御隠居さま……」

番頭は、隠居の義平に萬吉の口利き状を渡した。

義平は、口利き状を一読して控えている麟太郎に笑い掛けた。

「青山麟太郎さんですか、私が大黒堂隠居の義平にございます」

義平は、小さな白髪髷の頭を下げた。

「青山麟太郎です。夜釣りのお供に参りました」

麟太郎は挨拶《あいさつ》をした。

「ま、夜釣りのお供です。気楽にお願いしますよ」

義平は笑った。

「はい。こちらこそ宜しくお願いします」

麟太郎は頭を下げた。

「御隠居さま。では、手前は此れで……」

番頭は、一礼して座敷から出て行った。

「さあて、ならば私たちも出掛けますか……」

義平は、笑みを浮かべて釣り竿の手入れ道具を片付け始めた。

「御隠居さま、釣りは何処で……」

麟太郎は尋ねた。

「日本橋川は小網町《こあみちょう》、鎧《よろい》の渡し辺《あた》りですか……」

「鎧の渡し辺りですか……」

鎧の渡しは、日本橋川の西岸、南茅場町《みなみかやばちょう》にある大番屋辺りと東岸の小網町二丁目を結ぶ渡し舟だ。

義平は、その小網町にある鎧の渡しの船着場辺りで夜釣りをするつもりなのだ。

「ええ……」

義平は頷いた。

「ならば、手伝いましょう」

麟太郎は、義平の釣り竿の手入れ道具の片付けを手伝い始めた。

障子に映えた夕陽の赤さは、次第に薄暗くなっていた。


日本橋川の流れは緩やかであり、蒼白《あおじろ》い月影が揺れていた。

薬種問屋『大黒堂』隠居の義平は、鎧の渡しの船着場に進んだ。

「さあて、此の辺りで始めますか……」

義平は辺りを見廻し、船着場から僅かに離れた土手に立ち止まった。

「はい……」

麟太郎は、抱えていた筵《むしろ》を敷き、持参した料理の詰められた重箱と一升徳利《どっくり》を置いた。

「さあて、今夜は釣れるかな……」

義平は、釣り竿を取り出し、針に餌《えさ》を付けて日本橋川の流れに釣り糸を垂らした。

「釣れると良いですね」

「うん。麟太郎さん、見ているだけではつまらんだろう。好きな竿で釣りをするが良い……」

義平は笑い掛けた。

「そうですか。じゃあ、お言葉に甘えて……」

麟太郎は、釣り竿を適当に選んで釣りを始めた。

日本橋川には、行き交う船の明かりが映え、櫓《ろ》の軋《きし》みが響いていた。

義平と麟太郎は、静かに夜釣りを楽しんだ。

夜は更《ふ》けた。

義平の釣果《ちょうか》は小振りの鯉《こい》と鮒《ふな》が数匹であり、麟太郎は雑魚《ざこ》の一匹も釣れてはいなかった。

麟太郎は、溜息《ためいき》混じりに釣り竿を引いた。

「釣りは得意じゃあないようだね」

義平は苦笑した。

「ええ……」

「じゃあ、料理でも摘《つ》まみ、酒を飲んでると良い……」

「そいつはありがたい……」

麟太郎は、持参した料理を摘まみ、酒を啜《すす》った。

「美味い……」

夜の川風に吹かれて飲む酒は美味かった。

「それは良かった……」

義平は微笑《ほほえ》んだ。

「こうしていると、嫌な事も忘れられますよ」

「嫌な事、あったのかな……」

「え、ま。嫌な事と云っても、自分が悪いようなもんですけどね」

麟太郎は酒を啜った。

「そうなんですか……」

「御隠居、私の本業は絵草紙の戯作者でしてね……」

「ほう。絵草紙の戯作者、何て筆名なのかな」

「閻魔堂赤鬼です……」

「閻魔堂赤鬼……」

義平は、麟太郎の顔を覗《のぞ》き込んだ。

「御存知かな……」

「残念ながら……」

義平は、首を横に振った。

「そうですか……」

鱗太郎は苦笑した。

「して、書かれた絵草紙がどうかしましたか……」

「中々《なかなか》売れませんでしてねえ」

鱗太郎は、溜息混じりに告げた。

「それはそれは、お気の毒に。で、自分が悪いようなもんですか……」

「ええ。売れないのは、面白くないからに決まっていますからねえ」

鱗太郎は、己《おのれ》を嘲《わら》笑った。

櫓の軋みが不意に鳴り、上流の日本橋の方から屋根船が近付いて来た。

「おや。夜更けに珍しい……」

義平は、怪訝《けげん》な面持ちでやって来る屋根船を見詰《みつ》めた。

鱗太郎は眉をひそめた。

義平は、釣り竿を上げて屋根船を窺《うかが》った。

屋根船は、日本橋川の流れから鎧の渡しの船着場に近付いて来た。

鱗太郎と義平は、土手に身を潜めて雑草越しに見守った。

遠くに呼子笛《よびこぶえ》の音が聞えた。

屋根船は、鎧の渡しの船着場に船縁《ふなべり》を寄せた。

船頭が船着場に下り、辺りを窺って屋根船の障子の内に声を掛けた。

屋根船の障子の内からお店者《たなもの》、職人、人足など五人の男たちが二つの箱を抱えて下りて来た。

「彼奴《あいつ》ら、ひょっとしたら……」

麟太郎は、遠くで鳴り響く呼子笛の音と五人の男を読んだ。

「盗賊ですかな……」

義平は、落ち着いて睨《にら》んだ。

五人の男を下ろした船頭は、屋根船を船着場から離し、日本橋川を下って行った。

五人の男たちは、二つの箱を担いで鎧の渡しから立ち去って行った。

「あの箱、金箱かな……」

麟太郎は睨んだ。

「きっとね。行き先を突き止めた方が良さそうだ」

義平は眉をひそめた。

「ええ。ですが……」

麟太郎は、迷い躊躇《ためら》った。

「儂《わし》の事は心配無用……」

義平は笑った。

「そうですか。じゃあ、行き先を見届けて直《す》ぐに戻って来ます」

麟太郎は安堵《あんど》し、張り切って伝えた。

「ええ。気を付けてな……」

「はい……」

麟太郎は、暗がり伝いに五人の男たちを追った。

「さあて、大漁だと良いんだが……」

義平は冷笑し、再び釣り糸を垂れた。

蒼白い月影は日本橋川の流れに揺れ、呼子笛の音は遠くで鳴り続けていた。


五人の男は、二個の金箱を担いで小網町の裏通りを足早に進んだ。

麟太郎は追った。

五人の男は、裏通りにある大戸を閉めた店の脇の路地に入って行った。

麟太郎は、物陰から路地を窺った。

五人の男は、大戸を閉めた店の裏口から中に入って行った。

大戸を閉めた店には、『商人宿笹屋《ささや》』の古い看板が掲げられていた。

麟太郎は見届けた。

五人の男は盗賊であり、何処かに押込んで二個の金箱を盗み取って来たのだ。

麟太郎は睨んだ。

さあて、どうする……。

いつもなら、懇意にしている岡《おか》っ引《ぴき》の連雀《れんじやく》町《ちよう》の辰五郎《たつごろう》と下《した》っ引《ぴき》の亀吉《かめきち》に報せるが、神田《かんだ》八ツ小路《こうじ》の傍の連雀町迄は遠過ぎる。

辰五郎と亀吉に報せて戻って来る迄に、盗賊たちは姿を消すかもしれない。

呼子笛が鳴っているのは、役人たちが盗賊の押込みに気が付いて追っているからかもしれない。

麟太郎は、小網町の自身番に届け、町奉行所の役人に報せて貰う事に決めた。

よし……。

麟太郎は、小網町の自身番に走った。


小網町の自身番には、既に盗賊の押込みがあった触れが廻《まわ》されていた。

自身番の家主、店番《たなばん》、番人、そして木戸番は町木戸を閉め、通る者を検《あらた》めていた。

麟太郎は、自身番の家主と店番に報せた。

家主は、番人を町奉行所に報せに走らせた。

「じゃあ、俺は商人宿の笹屋に見張りに戻ります」

麟太郎は、家主に告げて戻ろうとした。

「麟太郎さんじゃありませんか……」

辰五郎と亀吉がやって来た。

「ああ、辰五郎の親分、亀さん……」

麟太郎は、安堵を浮かべた。

「えっ。麟太郎さんなんですか、盗賊を見付けたって人は……」

亀吉は戸惑った。

「う、うん……」

麟太郎は、辰五郎と亀吉を連れて小網町の裏通りの商人宿『笹屋』に向かった。

二

盗賊は、日本橋平松町《ひらまつちょう》の呉服屋『大角屋《おおすみや》』に押込んで八百両もの大金を奪い取り、金蔵に『夜狐《よぎつね》の藤兵衛《とうべえ》』の千社札《せんじゃふだ》を残して逃げ去った。

夜狐の藤兵衛一味は、関八州《かんはっしゅう》を荒らし廻っている盗賊であり、近頃は江戸でも押込みを働いていた。

呉服屋『大角屋』の手代《てだい》の一人は、夜狐の藤兵衛一味に押込まれた時に逃げ出し、自身番に報せた。

報せを受けた月番の南町奉行所は、直ぐに手配りをし役人たちを出動させた。だが、役人たちが呉服屋『大角屋』に駆け付けた時は、夜狐の藤兵衛一味は逃げた後だった。

麟太郎は、盗賊一味が入った商人宿『笹屋』に行く迄に辰五郎と亀吉から事の次第を聞いた。

「処《ところ》で麟太郎さんはどうして……」

亀吉は、麟太郎に怪訝な眼を向けた。

「うん。薬種問屋の御隠居の夜釣りのお供で鎧の渡しの傍に偶々《たまたま》いてね……」

「御隠居の夜釣りのお供……」

亀吉は戸惑った。

「ああ、あそこだ……」

麟太郎は、商人宿『笹屋』を示した。

商人宿『笹屋』には、変わった様子は窺えなかった。

「此処《こ こ》です……」

麟太郎は、辰五郎と亀吉に商人宿『笹屋』を示した。

辰五郎と亀吉は、商人宿『笹屋』の周囲を廻り、中の様子を窺おうとした。だが、中の様子は窺えなかった。

「どうします……」

亀吉は、辰五郎に出方を伺った。

「うん。間もなく梶原《かじわら》の旦那が来る筈《はず》だ。それ迄、見張る……」

辰五郎は命じた。

「承知……」

亀吉は頷いた。

「じゃあ、俺も……」

麟太郎は、見張りに加わった。

僅かな刻が過ぎた。

南町奉行所臨時廻り同心の梶原八兵衛《はちべえ》が六人の捕り方を従えて駆け付けて来た。

「梶原の旦那……」

辰五郎、亀吉、麟太郎は迎えた。

「おう。御苦労さん。此の商人宿か……」

梶原は、商人宿『笹屋』を眺めた。

「はい……」

辰五郎は頷いた。

「して、盗賊共は何人だ……」

「五人です」

麟太郎は報せた。

「おう。報せをくれた侍ってのは、麟太郎さんかい……」

梶原は苦笑した。

「はい。偶々……」

「そうか。じゃあ、盗賊共は五人、宿の主が一味の者として、少なくとも六人か……」

梶原は読んだ。

「ええ……」

辰五郎は頷いた。

「こっちは三人と捕り方が六人か……」

梶原は、厳しさを過《よ》ぎらせた。

「俺も手伝います」

麟太郎は、身を乗り出した。

「ありがたい。よし、じゃあ、亀吉、麟太郎さんと裏から踏み込め。俺は辰五郎と表から行く」

梶原は手配りをした。

「承知。じゃあ、麟太郎さん……」

「うん……」

亀吉と麟太郎は、二人の捕り方と裏口に廻った。

「よし……」

梶原は、辰五郎と四人の捕り方を従えて商人宿『笹屋』の表に向かった。そして、辰五郎と捕り方が閉められた大戸の潜《くぐ》り戸を蹴破った。

商人宿『笹屋』は揺れた。

梶原と辰五郎、捕り方たちは踏み込んだ。

商人宿『笹屋』では、頭《かしら》の夜狐の藤兵衛を始めとした五人の盗賊と『笹屋』の主が酒を飲んでいた。

潜り戸を蹴破る音が響き、『笹屋』は揺れた。

藤兵衛と手下の四人、そして『笹屋』の主は、踏み込んで来た梶原と辰五郎たちに驚き、激しく狼狽《うろた》えた。

「盗賊夜狐の藤兵衛と一味の者共、南町奉行所だ。神妙にお縄を受けろ」

梶原は怒鳴《どな》った。

藤兵衛と『笹屋』の主は、手下たちを梶原に手向かわせて裏に逃げた。

梶原と辰五郎は、長脇差《ながわきざし》や匕首《あいくち》を振り廻す四人の手下を十手《じって》で激しく叩《たた》きのめした。

四人の手下は倒れた。

捕り方たちが殺到し、容赦《ようしゃ》なく六尺棒で殴って捕り縄を打った。

四人の手下は悲鳴を上げた。

頭の夜狐の藤兵衛と『笹屋』の主は、裏口から逃げようとした。

だが、裏口から亀吉と麟太郎が踏み込んだ。

藤兵衛と『笹屋』の主は、怯《ひる》みながらも長脇差を振り廻して抗《あらが》った。

「無駄な足掻《あが》きだ、藤兵衛……」

麟太郎は、振り廻される長脇差を掻い潜って藤兵衛の懐に飛び込み、その腕を取って背負い投げを鋭く打った。

藤兵衛は、壁に激しく叩き付けられ、崩れた漆喰《しっくい》と共に床に頭から落ちた。

二人の捕り方が藤兵衛に飛び掛かり、殴り蹴飛ばし捕り縄を打った。

亀吉は、『笹屋』の主を十手で打ちのめしてお縄にした。

夜狐の藤兵衛と四人の手下、盗人宿《ぬすっとやど》の『笹屋』の主はお縄になり、盗賊夜狐の藤兵衛の押込みの一件は早々に落着した。


日本橋川の流れには、相変わらず蒼白い月影が揺れていた。

麟太郎は、鎧の渡しに駆け戻った。

薬種問屋『大黒堂』の隠居の義平は、長閑《のどか》に釣りを楽しんでいた。

「御隠居……」

麟太郎は安堵した。

「やあ。戻りましたか……」

義平は、麟太郎を笑顔で迎えた。

「はい。御迷惑をお掛けしました」

麟太郎は詫《わ》びた。

「いえいえ。で、あいつらは……」

義平は、興味深げに訊いた。

「睨み通り、夜狐の藤兵衛と云う盗賊一味の者共でしたよ」

麟太郎は笑った。

「ほう。夜狐の藤兵衛ですか……」

義平は薄く笑った。

「はい。で、自身番に報せ、駆け付けた知り合いの岡っ引の親分や同心の旦那と盗人宿に踏み込みましてね。夜狐の藤兵衛一味の盗賊共をお縄にしましたよ」

麟太郎は笑った。

「ほう。お縄に……」

「ええ……」

「それは御苦労でした」

義平は微笑んだ。

「いえ。で、どうですか、釣りの方は……」

麟太郎は心配した。

「そっちと同じに大漁ですよ」

義平は、魚籠《びく》一杯に入った鯉や鮒を見せた。

「本当だ。此奴《こいつ》は大漁だ……」

麟太郎は笑った。

船行燈《ふなあんどん》を灯《とも》した荷船が、大川から日本橋川を遡《さかのぼ》って来た。


月番の南町奉行所には、多くの人々が忙しく出入りしていた。

南町奉行の根岸鎮衛肥前守《ねぎしやすもりひぜんのかみ》は、役宅の座敷で内与力《うちよりき》の正木平九郎《まさきへいくろう》の報告を受けていた。

「ほう。昨夜、日本橋の呉服屋に盗賊が押込んだか……」

肥前守は、厳しい面持ちで訊き返した。

「はい。盗賊は夜狐の藤兵衛と手下の五人。八百両の金子《きんす》を奪い、盗人宿に引き上げたのですが、臨時廻り同心の梶原八兵衛が配下の岡っ引たちと駆け付け、直ちに捕縛《ほばく》致したとの事にございます」

　平九郎は報せた。

「ほう。梶原八兵衛、中々の手際だな」

　肥前守は感心した。

「その梶原の中々の手際、麟太郎どのが絡んでいました」

「麟太郎が……」

　肥前守は戸惑った。

「はい。麟太郎どの、昨夜、薬種問屋の隠居のお供で日本橋川の鎧の渡しに夜釣りに行ってましてね。屋根船で鎧の渡しに来た盗賊共を見掛け、不審に思って後を尾行《つけ》て盗人宿を突き止め、自身番に報せ、駆け付けた梶原たちと踏み込んだとか……」

　平九郎は告げた。

「ほう。薬種問屋の隠居の夜釣りの供をして盗賊を見掛け、報せたか……」

「はい……」

　肥前守は眉をひそめた。

　平九郎は、意味ありげに苦笑した。

「そして、夜狐の藤兵衛と申す盗賊一味の者共をお縄にしたか……」

「左様にございます……」

「して平九郎、薬種問屋の隠居、どのような者なのかな……」

「お気になりますか……」

平九郎は、肥前守を見詰めた。

「うむ……」

肥前守は苦笑した。


閻魔長屋は、西日と静けさに覆《おお》われていた。

麟太郎は、明け方に家に戻り、煎餅《せんべい》蒲団に潜り込んで眠ったままだった。

「麟太郎さん、麟太郎さん……」

地本問屋『蔦屋』の女主のお蔦は、古びた腰高障子に影を映しながら呼び掛けた。

麟太郎は、眼を覚まさず眠り続けた。

「もう……」

お蔦は、苛立《いらだ》って腰高障子を乱暴に開けた。

麟太郎は、煎餅蒲団を抱えて眠り続けた。

「麟太郎さん……」

お蔦は、框《かまち》に腰掛けて麟太郎を呼んだ。

麟太郎は、煩《うるさ》そうに寝返りを打ってお蔦に尻を向けた。

「もう。昨夜、何処でお酒を飲んだのよ。麟太郎さん……」

お蔦は、掛け蒲団を乱暴に毟《むし》り取った。

「何だ……」

麟太郎は、跳ね起きて身構えた。

「私ですよ。蔦屋の蔦です……」

お蔦は、腹立たし気に告げた。

「おお、二代目か……」

麟太郎は、眼を覚まして身構えを解いた。

「あら……」

お蔦は眉をひそめた。

「どうした……」

「遅くまでお酒を飲んだ割には、お酒臭《くさ》くないわね」

「そりゃあそうだ。昨夜、酒は嗜《たしな》む程度だ」

「じゃあ、どうしてこんなに遅く迄、寝てんのよ……」

お蔦は、麟太郎に怪訝な眼を向けた。

「そりゃあ、御隠居の夜釣りのお供に押込み盗賊捕縛の手伝い。明け方迄、何かと忙しかったからな……」

麟太郎は、夜明け前に隠居の義平を薬種問屋『大黒堂』に送り、台所で奉公人たちと朝飯を御馳走《ごちそう》になって帰って来たのだ。

「えっ。隠居の夜釣りのお供に、盗賊捕縛の手伝い……」

お蔦は驚いた。

「ああ。して、何用だ。二代目……」

「決まっているでしょ、恋嵐、修羅の道行の売れ行きですよ」

「ああ。今度も駄目だったな」

麟太郎は、肩を落とした。

「あら、そんな事ないわよ。今の処、まあまあですよ」

お蔦は微笑んだ。

「まあまあ……」

麟太郎は、眼を丸くした。

「ええ。売れ行き、昨日の昼過ぎから良くなりましてね。まあまあですよ」

「そうか。そうだよな。閻魔堂赤鬼の会心の作だ。売れない筈はない。うん……」

鱗太郎は、夜明け迄の落ち込みをあっさりと忘れた。


大番屋の詮議場《せんぎば》は、薄暗く冷え冷えとしていた。

南町奉行所内与力の正木平九郎は、臨時廻り同心の梶原八兵衛に命じて盗賊の夜狐の藤兵衛を詮議場に引き据えた。

夜狐の藤兵衛は、平九郎と梶原に怯えた眼を向けた。

「藤兵衛、押込み直後にお縄になるとは、お前も焼きが廻ったな」

梶原は、藤兵衛に笑い掛けた。

「はい……」

藤兵衛は、悔し気に頷いた。

「して藤兵衛、そいつは何故だと思う」

梶原は尋ねた。

「誰かが垂れ込んだんですかい……」

藤兵衛は、腹立たしさを過ぎらせた。

「垂れ込まれる覚えがあるのか……」

梶原は苦笑した。

「そりゃあ、長年やっていれば、いろいろありましてね……」

「恨《うら》みも買っているか……」

「はい……」

藤兵衛は頷いた。

「して、垂れ込んだのは誰だと思っている」

「おそらく同業の者かと……」

藤兵衛は告げた。

「同業の者だと……」

平九郎は眉をひそめた。

「は、はい……」

藤兵衛は、座敷にいる平九郎に怯えた眼を向けて頷いた。

「その者の名は……」

「霞《かすみ》の仏《ほとけ》……」

藤兵衛は、悔し気に告げた。

「霞の仏だと……」

平九郎は眉をひそめた。

「はい。あっしを外道《げどう》働きの汚ねえ盗賊と陰で罵《のの》り、必ず消してやると常々云っているそうでして……」

藤兵衛は、吐《は》き棄てた。

「どんな奴だ……」

「さあて、逢った事がないので……」

藤兵衛は、首を横に振った。

「そうか。霞の仏だな……」

平九郎は念を押した。

浜町堀《はまちようぼり》に夕陽が映えた。

「さあて、晩飯でも食いに行くか……」

麟太郎は、お蔦が置いて行ってくれた割増金と義平の夜釣りのお供の給金を懐にし、閻魔堂に手を合わせた。

「麟太郎さん……」

亀吉がやって来た。

「やあ……」

「お出掛けですか……」

「ええ。晩飯です」

「そいつは丁度《ちょうど》良かった。梶原の旦那が昨夜のお礼に麟太郎さんに御馳走しなって、小遣いをくれましてね。お供しますぜ」

亀吉は笑った。

「そいつは、ありがたい……」

麟太郎は、亀吉と共に浜町堀に架《か》かる汐見橋《しおみばし》の袂《たもと》にある馴染《なじみ》の居酒屋に向かった。

暖簾《のれん》を出したばかりの居酒屋に客は少なかった。

麟太郎と亀吉は、店の奥に落ち着いて酒を飲み、料理を食べ始めた。

「それにしても麟太郎さん、昨夜は助かりましたよ」

亀吉は、酒を飲みながら笑った。

「いいえ。偶々、大黒堂の御隠居が鎧の渡しの傍で夜釣りをすると云い出しましてね。そうしたら、呉服屋に押込んだ夜狐の藤兵衛一味が屋根船で鎧の渡しに来たって訳ですよ」

鱗太郎は、楽し気に酒を飲んだ。

「それにしても、良く盗賊一味だと分かりましたね」

「職人、お店者、人足、屋根船から下りて来る者の形《なり》が妙にばらばらで、金箱らしい物を二つ担いでいましてね。それに呼子笛が聞えていたから、ひょっとしたらと思いましてね。そうしたら、御隠居も妙だと云い出して、それで追い掛けたんですよ」

鱗太郎は笑った。

「成《な》る程《ほど》……」

亀吉は頷いた。

「で、睨み通り盗賊だった訳です」

鱗太郎は、美味そうに料理を食べて手酌《てじゃく》で酒を飲んだ。

「鱗太郎さん、薬種問屋の御隠居も盗賊じゃあないかと睨んだんですか……」

亀吉は訊いた。

「ええ……」

鱗太郎は頷いた。

「そうですか……」

亀吉は、手酌で酒を飲んだ。

「親父、酒を頼む……」

麟太郎は、居酒屋の亭主に新しい酒を頼んだ。

居酒屋は刻が過ぎると共に賑《にぎ》わった。


「垂れ込みだと……」

根岸肥前守は、正木平九郎を見返した。

「はい。夜狐の藤兵衛、押込み直後に捕まったのは、垂れ込みがあったからだと思っているようです」

平九郎は報せた。

「して、夜狐の藤兵衛、誰に垂れ込まれたと思っているのだ」

「それが、霞の仏と云う同業者、盗賊だと……」

「霞の仏……」

肥前守は眉をひそめた。

「はい。梶原八兵衛を始めとした同心たちにも知っている者はいなく、どのような盗賊かは、はっきりしません」

「そうか、霞の仏か……」

「御存知ですか……」

　正木平九郎は、身を乗り出した。

「大昔だが、名を聞いた覚えがある」

「大昔。して、どのような……」

「霞のように忍び込み、金子は必要なだけ盗み、仏の絵を描いた千社札を残し、霞のように消え去る、と云う盗賊でな。此処の処、ずっと名も聞かず、既に死んだものと思っていたが、未だ生きているのかな……」

　肥前守は、楽し気な笑みを浮かべた。

「お奉行。未だ、そうと決まった訳ではありません」

　平九郎は苦笑した。

「うむ。平九郎、引き続き探索をな……」

　肥前守は命じた。

「心得ました」

　平九郎は頷いた。

「さあて、麟太郎の出番は未だあるのかな……」

　肥前守は笑った。

三

頭が痛い……。

今日は二日酔いだ。

麟太郎は、煎餅蒲団の中で顔を歪《ゆが》めた。

もう少し寝た方が良い……。

麟太郎は、蒲団を頭から被った。

腰高障子が叩かれた。

うん……。

麟太郎は、蒲団から顔を出した。

「青山さま、いらっしゃいますか、青山さま……」

腰高障子に人影が映っていた。

「おう。戸は開いているよ……」

麟太郎は怒鳴り、蒲団から起き上がって吐息を洩らした。

「お邪魔します」

腰高障子を開け、若いお店者が入って来た。

「青山麟太郎さまにございますか……」

「ああ。お前さんは……」

「手前は薬種問屋大黒堂の手代の新助《しんすけ》と申しまして、隠居の義平の遣《つか》いで参りました」

新助と云う若いお店者は告げた。

「おお、御隠居の遣いか……」

「はい。青山さま、宜しければ昼過ぎに大黒堂にお出《い》で願いたいと、隠居の義平が申しておりまして……」

新助は告げた。

「御隠居が……」

「はい……」

「分かった。お伺いすると、お伝えしてくれ」

麟太郎は頷いた。

「左様にございますか。では、宜しくお願い致します」

新助は、会釈をして帰って行った。

「仕方がない。起きるか……」

麟太郎は、吐息混じりに寝間着を脱いで下帯一本になり、井戸端に誰もいないのを見定めて、家から駆け出した。


薬種問屋『大黒堂』には客が出入りし、奉公人たちが忙しく応対していた。

麟太郎は、手代の新助に誘われて離れ家の義平の座敷に入った。

「やあ。お呼立てして申し訳ありませんね」

義平は、笑顔で麟太郎を迎えた。

「いいえ。して、今夜も夜釣りですか……」

麟太郎は尋ねた。

「いえ。此れから不忍池《しのばずのいけ》の弁財天《べんざいてん》に参拝に行こうと思いましてね。宜しければお供をお願いしたいのですが……」

義平は、麟太郎に探る眼を向けた。

「そいつは、お安い御用です」

麟太郎は、お供を引き受けた。

「ありがたい。じゃあ、弁財天に参拝した後、飯でも食べますか……」

義平は笑った。

「そいつは、良いですね」

　麟太郎は喜んだ。


　麟太郎は、隠居の義平と薬種問屋『大黒堂』を出た。

「梶原の旦那、親分……」

　斜向《はすむ》かいの店の路地にいた亀吉が、奥に声を掛けた。

　梶原八兵衛と辰五郎が、路地から出て来た。

「隠居の義平が麟太郎さんと……」

　亀吉は、通りを神田八ツ小路に向かう義平と麟太郎を示した。

「よし。隠居の義平から眼を離すんじゃあない……」

　梶原は命じた。

「承知。じゃあ、旦那。亀吉……」

　辰五郎は、梶原に会釈をし、亀吉を促して麟太郎と義平を追った。

「さあて、じゃあ俺は……」

　梶原は、正木平九郎から薬種問屋『大黒堂』隠居の義平を調べるように命じられ、辰五郎と亀吉に見張らせた。そして、己は隠居の義平を良く知る者を捜す事にした。

神田八ツ小路から神田川に架かっている昌平橋《しようへいばし》を渡り、明神下《みようじんした》の通りを北に進むと不忍池になる。

義平と麟太郎は、下谷広小路《したやひろこうじ》から忍川《しのぶがわ》に架かっている三橋《みはし》を渡り、仁王門前町《におうもんぜんちよう》前から弁天島《べんてんじま》に進んだ。

弁天島に祀《まつ》られた弁財天には、多くの参拝客が訪れていた。

義平は、弁財天に参拝した。

麟太郎は、義平の背後で手を合わせた。

そして、義平と麟太郎は、弁天島から戻って仁王門前町に進んだ。

「さあ、此処ですよ……」

義平は、仁王門前町にある料理屋『笹乃井《ささのい》』の暖簾を潜った。

「お邪魔しますよ」

「あっ。お出でなさいまし、大黒堂の御隠居さま……」

年増の女将《おかみ》が、帳場から義平を迎えに出て来た。

「やあ。女将さん。お世話になりますよ」

「はい。いつものお座敷を御用意してありますよ」

「造作を掛けますねえ……」

義平は、女将に誘われて座敷に進んだ。

麟太郎は続いた。

義平は、料理屋『笹乃井』の馴染客であり、店の者を走らせて予約をしていた。

麟太郎は、義平と年増の女将の遣《や》り取《と》りを見てそう読んだ。


年増の女将は、義平と麟太郎を奥の座敷に誘った。

座敷からは、庭越しに離れ座敷が見えた。

障子の開けられた離れ座敷には、客の姿は見えなかった。

「おや、女将。離れ座敷、空いているのかな」

「いえ。未だお見えじゃあないんですが、御予約のお客さまがいるんですよ」

「そうですか。じゃあ女将、料理とお酒をね」

義平は、女将に笑い掛けた。

「はい。只今《ただいま》、直ぐに……」

女将は出て行った。

「さあて、料理が麟太郎さんのお口に合うと良いんですがね……」

義平は笑い掛けた。

「心配御無用です。どんな料理が出て来ても口を合わせますから……」

麟太郎は笑った。

「お待たせ致しました」

仲居たちが酒と料理を運んで来た。

辰五郎と亀吉は、料理屋『笹乃井』を見張っていた。

「麟太郎さんをお供に弁財天参りから笹乃井ですか……」

亀吉は、料理屋『笹乃井』を眺めた。

「うむ。酒を飲み、料理を食べに来ただけなのかな……」

辰五郎は眉をひそめた。

「さあ、どうですか……」

亀吉は首を捻《ひね》った。

東叡山寛永寺《とうえいざんかんえいじ》の鐘は、申《さる》の刻《こく》七つ（午後四時）を響かせた。

料理屋『笹乃井』には、様々な客が出入りした。

義平と麟太郎は、料理と酒を楽しんだ。

年増の女将が十徳《じっとく》姿の初老の男を誘い、離れ座敷に入って来たのが庭越しに見えた。

「おっ、御隠居。離れ座敷に客が来ましたよ」

麟太郎は、酒を飲みながら義平の肩越しに見える離れ座敷の様子を伝えた。

「ほう。どんなお客ですかな……」

義平は尋ねた。

「十徳を着た初老の男、医者か茶の湯の宗匠《そうしょう》のようですね」

麟太郎は、手酌で猪口《ちょこ》に酒を満たした。

「へえ、十徳姿の初老の男ねえ……」

「ええ……」

麟太郎は、酒を飲みながら庭越しに離れ座敷を眺めた。

羽織姿の中年男が、仲居に誘われて離れ座敷に入って来た。

「おっ。離れ座敷にもう一人。羽織姿の中年男が来ましたよ」

麟太郎は告げ、酒を飲んだ。

十徳を着た初老の男が立ち上がり、障子を閉めた。

「あっ。障子を閉めました……」

麟太郎は、猪口の酒を飲み干した。

「そうですか。ま、どうぞ……」

義平は、笑みを浮かべて麟太郎に酌をした。

「忝《かたじけな》い……」

麟太郎は、注がれた酒を飲んだ。

「じゃあ、私はちょいと厠《かわや》に……」

義平は立ち上がった。

「おっ。じゃあ、お供を……」

「いえいえ、馴染の料理屋。大丈夫です。ま、飲んでいて下さい」

義平は、笑顔で座敷から出て行った。

「そうですか。じゃあ、気を付けて……」

麟太郎は見送り、手酌で酒を飲み続けた。

義平は、足早に廊下を進んだ。

廊下は曲がり角になり、真っ直ぐ進むと厠で右に曲がると離れ座敷だった。

義平は、右に曲がった。

右に曲がると離れ座敷があり、手前に納戸があった。

義平は、辺りに誰もいないのを見定め、素早く板戸を開けて納戸に入った。

納戸の中には、行燈、燭台《しよくだい》、手炙《てあぶ》り、衣桁《いこう》、衝立《ついたて》などが収納されていた。そして、奥の壁に様々な絵が掛けられていた。

義平は、観音像を描いた絵を壁から外した。

壁には小さな穴があり、微かな明かりが差し込んでいた。

義平は、微かな明かりの差し込む小さな穴を覗いた。

小さな穴は離れ座敷に続き、十徳姿の初老の男と羽織姿の中年男が見えた。

義平は、小さな穴を覗いて耳を澄ました。

「で、番頭さん、相模屋《さがみや》に金子が支払われる日は、明後日《あさって》に間違いないんですね……」

十徳姿の初老の男は、羽織姿の中年男を番頭さんと呼んだ。

「はい。明後日の暮六《くれむ》つ（午後六時）迄に……」

羽織姿の中年男、番頭は告げた。

「そうですか。では、明後日は仕事が終わったら早々に家に帰るんですね」

「は、はい……」

番頭は、緊張した面持ちで頷いた。

「じゃあ、此れを……」

十徳姿の初老の男は、番頭に袱紗《ふくさ》包みを差し出して中を見せた。

二つの切《き》り餅《もち》が入っていた。

「ありがとうございます……」

番頭は、袱紗包みを懐に入れた。

床の間に飾られた般若面《はんにゃめん》の口の奥には、小さな穴が開いていた。

義平は、壁の小さな穴から眼を離し、小さな吐息を洩らした。

明後日の夜、相模屋に入る纏《まと》まった金を狙っている……。

義平は睨み、壁の小さな穴の上に観音像の絵を戻した。

麟太郎は、酒を飲み続けていた。

「やあ。遅くなりましたな……」

義平が戻って来た。

「おお、御隠居、どうかしましたか……」

「いえ。ちょいと腹の具合が……」

義平は眉をひそめた。

「それは拙《まず》い。酒を飲んでいる場合じゃありません。早々に引き上げましょう」

麟太郎は、慌てて町駕籠《まちかご》を手配した。


夕暮れ時。

麟太郎は、義平を町駕籠に乗せて室町の薬種問屋『大黒堂』に送り届けた。

「やあ。いろいろお世話になりましたね。お陰で腹の具合も良くなったようです」

義平は笑った。

「そうですか。そいつは良かった……」

麟太郎は、安堵を浮かべた。

「で、麟太郎さん、明後日の夜、空いていますかな」

「えっ、ええ。夜釣りですか……」

「ええ。まあ。じゃあ、明後日の日暮れ前に来て下さい」

「心得ました」

「今日は御苦労さまでした。では……」

義平は、麟太郎に会釈をして薬種問屋『大黒堂』に入って行った。

麟太郎は見送り、浮世小路を西堀留川《にしほりどめがわ》の堀留に向かった。

東西の堀留川の傍を東に進むと、浜町堀は元浜町《もとはまちよう》に出る。

さあて、閻魔長屋に帰って早寝とするか……。

麟太郎は、吹き始めた夜風を浴び、軽い足取りで元浜町の閻魔長屋に向かった。

「麟太郎さん……」

亀吉が追い掛けて来た。

「やあ、亀さん……」

麟太郎は立ち止まり、亀吉が駆け寄って来るのを待った。

「大黒堂の前で見掛けましてね。今日も御隠居のお供ですか……」

亀吉は、それとなく探りを入れた。

「ええ。不忍池の弁財天参りのお供でしてね。仁王門前町の笹乃井って料理屋で酒を御馳走になりましたよ」

麟太郎は、屈託なく告げた。

「へえ。そいつは羨《うらや》ましい」

亀吉は苦笑した。

「ええ。御隠居のお供、割の良い、楽な仕事ですよ。どうです、一杯、やりますか……」

麟太郎は誘った。

「良いですね……」

亀吉は、笑顔で頷いた。

南町奉行所は暮六つに表門を閉じ、用のある者は脇門から出入りをしていた。

連雀町の辰五郎は、脇門から南町奉行所に入って同心詰所に向かった。

同心詰所には、幾本かの燭台に火が灯されていた。

「梶原の旦那……」

辰五郎は、同心詰所で古い書物を読んでいた梶原八兵衛に声を掛けた。

「おう。連雀町の、どうだった……」

「不忍池の弁財天に参拝して笹乃井って料理屋で飯を食って帰って来ましたよ」

「笹乃井……」

梶原は眉をひそめた。

「ええ。詳《くわ》しい事は、亀吉が麟太郎さんからそれとなく訊き出す手筈《てはず》です」

「そうか……」

「で、旦那の方は……」

辰五郎は尋ねた。

「そいつが、大黒堂の隠居の義平、旦那の頃は、年に一度は薬草探しの旅に出掛けていたそうでね」

「薬草探しの旅ですか……」

辰五郎は眉をひそめた。

「うむ。主に関八州にな……」

「関八州……」

関八州とは、武蔵《むさし》、相模、安房《あわ》、上総《かずさ》、下総《しもうさ》、常陸《ひたち》、上野《こうずけ》、下野《しもつけ》の関東の八州を称した。

「うむ。義平がその関八州に薬草探しの旅に出ていたと思われる頃、やはり関八州に霞の仏と称する盗賊が現れていたらしい……」

梶原は告げた。

「霞の仏……」

「うむ。評判の悪い庄屋やお大尽《だいじん》、それに代官所や郡代屋敷に霞のように忍び込み、金を奪い、仏の絵の千社札を残して消える盗賊だそうだ……」

「それで、霞の仏ですか……」

「ああ。義平と盗賊の霞の仏が、同じ頃に関八州に現れていたのが気になるな」

梶原は、厳しさを滲《にじ》ませた。

「旦那、まさか……」

辰五郎は、緊張を滲ませた。

「ああ。だが、未だかもしれないって処だ……」

梶原は、冷ややかな笑みを浮かべた。

燭台の火は揺れた。

居酒屋は賑わった。

「へえ。それで御隠居、厠に立って中々戻らず、戻って来たら腹の具合が悪いと云い出したんですか……」

亀吉は酒を飲んだ。

「ええ……」

麟太郎は苦笑した。

「急にどうしたんですかね……」

亀吉は首を捻った。

「それ迄は、離れ座敷の客を肴《さかな》に機嫌良く酒を飲んでいたんですけどね」

麟太郎は、手酌で酒を飲んだ。

「離れ座敷の客を肴に……」

亀吉は、戸惑いを浮かべた。

「ええ。料理屋の座敷から離れ座敷が見えて、そこに来た客を見ながら酒を飲みましてね」

「へえ。どんな客が来たんですか……」

亀吉は訊いた。

「逢引《あいび》きの男と女が来れば面白かったんでしょうが、残念ながら十徳姿の年寄りとお店の番頭風の中年男でしたよ」

麟太郎は苦笑した。

「十徳姿の年寄りとお店の番頭風の中年男ですか……」

亀吉は眉をひそめた。

「ええ。で、十徳姿の年寄りが離れ座敷の障子を閉めましてね」

麟太郎は苦笑した。

「それはそれは……」

亀吉は、手酌で酒を飲んだ。

「で、御隠居、厠に立ちましてね……」

「遅く帰って来て、腹具合が悪いと云い出したんですか……」

「ええ……」

麟太郎は酒を飲んだ。

薬種問屋『大黒堂』の隠居の義平は、離れ座敷の客を気にしていたのかもしれない。

亀吉は読んだ。

「麟太郎さん、料理屋は仁王門前町の笹乃井でしたね」

「ええ。御隠居の馴染の店だそうですよ」

「そうですか……」

亀吉は、仁王門前町の料理屋『笹乃井』を調べる必要があると思った。

「で、御隠居を送って来たんですよ」

「そうですか。そいつは楽なお供でしたね」

「ええ。で、明後日も夜釣りのお供を頼まれましてね」

「明後日……」

「ええ。日暮れ前に迎えに行く手筈になっているんですが、夜釣りのお供も楽なもんですよ……」

麟太郎は、酒を飲みながら気楽に笑った。

居酒屋の賑わいは続いた。

四

下谷広小路は、東叡山寛永寺と不忍池弁財天の参拝客で賑わっていた。

　梶原八兵衛は、連雀町の辰五郎を伴って仁王門前町の料理屋『笹乃井』を見張った。

　料理屋『笹乃井』は、昼の開店に向けての仕度に忙しかった。

「旦那、親分……」

　亀吉が駆け寄って来た。

「おう。分ったか……」

「ええ。自身番の家主さんの話じゃあ、笹乃井は八年前に女将のおとよが居抜きで買った店だそうですよ」

　亀吉は報せた。

「ほう。女将のおとよが居抜きでねえ」

　梶原は眉をひそめた。

「ええ。それから八年、女将のおとよの商売上手で繁盛しているようだと……」

「女将のおとよ、旦那か金主はいないのかな」

　辰五郎は訊いた。

「一応、いないそうですがね……」

　亀吉は苦笑した。

「いるのかな……」

辰五郎は、亀吉の苦笑を読んだ。

「良く分からないそうです……」

「だったら馴染客か……」

梶原は睨んだ。

「かもしれません。で、馴染客には大黒堂の隠居の義平もいます」

亀吉は告げた。

「そうか……」

梶原は頷いた。

「旦那、義平が隠居したのは八年前。おとよが笹乃井を居抜きで買った頃と同じですぜ」

辰五郎は眉をひそめた。

「うむ。して亀吉。義平は昨日、麟太郎さんと此処に来て、離れ座敷の客を肴に酒を飲んだのだな」

「はい。離れ座敷の客は十徳姿の年寄りとお店の番頭風の中年男の二人だそうです」

「十徳姿の年寄りと番頭風の中年男、何処の誰かだな……」

「はい。女将のおとよに下手に聞き込む訳にいかず、ちょいと面倒ですが、出来るだけ急いで突き止めます」

辰五郎は告げた。

「して亀吉、麟太郎さん、明日の夜、隠居の義平にお供を頼まれているんだな」

梶原は、厳しさを滲ませた。

「はい。夜釣りのお供かどうかは、分かりませんが……」

亀吉は頷いた。

「旦那、そいつが何か……」

「明日の夜、何処かの盗賊が押込みを働くかもしれないな」

梶原は睨んだ。

料理屋『笹乃井』は暖簾を出し、客が訪れ始めた。


通油町の地本問屋『蔦屋』では、町娘たちが賑やかに役者絵の品定めをしていた。

麟太郎は、賑やかな町娘たちを横目に『蔦屋』の女主のお蔦を訪れた。

「あら、いらっしゃい……」

お蔦は、笑顔で麟太郎を迎えた。

「やあ。二代目、恋嵐、修羅の道行の売れ行きはどうかな」

麟太郎は、恐る恐る尋ねた。

「ま、それなりに売れていますよ。どうぞ……」

お蔦は、茶を淹《い》れて麟太郎に差し出した。

「それなりにか……」

麟太郎は、秘《ひそ》かに落胆した。

「ま、いいじゃあない。次で頑張れば……」

お蔦は励ました。

「次か……」

「ええ。此の前の御隠居さまの夜釣りのお供をしていたら押込みを働いた盗賊に出遭い、お縄にした話なんか、面白いじゃありませんか……」

お蔦は笑った。

「夜釣りのお供か……」

麟太郎は茶を啜った。

「ええ。お供の度《たび》に何かが起こる。嵐を呼ぶ夜釣りの御隠居なんてね」

お蔦は笑った。

「嵐を呼ぶ夜釣りの御隠居か……」

「ええ……」

「明日の夜も御隠居のお供だが、今度も何か起こるのかな……」

麟太郎は苦笑した。


料理屋『笹乃井』は客で賑わった。

十徳姿の年寄りが来るかもしれないし、女将のおとよが出掛けるかもしれない……。


辰五郎と亀吉は見張った。

裏口から若い下男が現れ、山下に向かった。

「親分……」

「よし。追ってみてくれ」

「承知……」

亀吉は、若い下男を追った。

辰五郎は亀吉を見送り、料理屋『笹乃井』の見張りを続けた。

若い下男は、山下から新寺町《しんてらまち》に進んだ。

亀吉は尾行た。

若い下男は、軽い足取りで蔵前《くらまえ》通りに出て南の浅草御門《あさくさごもん》に向かった。そして、公儀米蔵の浅草御蔵《おくら》の手前の道を東に曲がった。

道の先には大川があり、御厩河岸《おんまやがし》がある。

御厩河岸か……。

亀吉は、若い下男の行き先を読んだ。

若い下男は、御厩河岸の船着場に佇《たたず》んで辺りを窺った。

何をしている……。

亀吉は、物陰から見守った。

御厩河岸に渡し舟が着き、数人の客たちが下りた。

客たちの中にいた薬売りの行商人は、蔵前通りに行かず、隣の三好町《みよしちょう》に向かった。

若い下男は追った。

何だ……。

亀吉は尾行た。

三好町の大川沿いには、黒板塀《くろいたべい》に囲まれた仕舞屋《しもたや》があった。
薬売りの行商人は、黒板塀の木戸門の前で辺りを窺い、素早く仕舞屋に入って行った。
若い下男は、物陰から見届けていた。
どう云う仕舞屋だ……。
亀吉は見守った。
若い下男は、黒板塀に囲まれた仕舞屋から離れ、足早に蔵前通りに向かった。
亀吉は追った。
若い下男は、蔵前通りに戻って神田川に架かっている浅草御門に向かった。
亀吉は追った。
若い下男は、浅草御門を渡って両国《りょうごく》広小路に進み、横山町《よこやまちょう》の通りに入った。
此のまま進むと浜町堀であり、日本橋の通りに出る。
亀吉は尾行た。
若い下男は、浜町堀に架かっている緑橋《みどりばし》を渡り、通油町に進んだ。

麟太郎は、地本問屋『蔦屋』から通りに出ようとした。

店先を亀吉が通り過ぎて行くのが、暖簾越しに見えた。

亀さん……。

麟太郎は、『蔦屋』を出て通りを行く亀吉を見送った。

誰かを尾行ている……。

麟太郎は、亀吉が誰かを尾行ていると睨み、後を追った。


若い下男は、西堀留川に架かっている雲母橋《きらずばし》の袂に佇み、誰かの来るのを待った。

亀吉は、物陰から見張った。

「何者ですか……」

亀吉は、背後からの声に驚き、振り返った。

麟太郎が、若い下男を見詰めていた。

「あっ、麟太郎さんか……」

亀吉は安堵した。

「何者です」

「仁王門前町の料理屋笹乃井の下男ですよ」

「へえ。笹乃井の下男ですか……」

「ええ……」

亀吉と麟太郎は、若い下男を見守った。

若い下男は、雲母橋の袂に佇み、人待ち顔で浮世小路を眺めていた。

羽織姿の男が、浮世小路をやって来た。

亀吉と麟太郎は、物陰から見守った。

羽織姿の男は、薬種問屋『大黒堂』隠居の義平だった。

「御隠居……」

麟太郎は戸惑った。

若い下男は義平に駆け寄り、深々と頭を下げて何事かを告げた。

義平は頷き、若い下男に小遣いらしき薄い紙包みを渡して労《ねぎら》い、踵《きびす》を返した。

若い下男は、薄い紙包みを握り締め、頭を下げて見送った。そして、神田八ツ小路に向かった。

亀吉は、小さな吐息を洩らした。

「亀さん、追わないんですか……」

麟太郎は、怪訝な面持ちで尋ねた。

「え、ええ。じゃあ……」

亀吉は苦笑し、若い下男を追って行った。

何か妙だ……。

麟太郎は、首を捻りながら亀吉を見送った。


不忍池に夕陽が映えた。

若い下男は、仁王門前町の料理屋『笹乃井』に戻った。

亀吉は、物陰にいる辰五郎に駆け寄った。

「遅かったな……」

「はい。野郎、御厩河岸の隣の三好町の仕舞屋に行き、それから雲母橋で薬種問屋大黒堂の隠居の義平に逢って帰って来ましたよ」

亀吉は告げた。

「大黒堂の隠居の義平か……」

「はい。で、三好町の仕舞屋ですがね。薬売りの行商人が出入りしていましてね。ちょいと気になります」

「うむ。よし、三好町の仕舞屋に行ってみるか……」

「はい……」

辰五郎と亀吉は、三好町の仕舞屋に向かった。

大川御厩河岸を行き交う渡し舟は、船行燈を灯した。

辰五郎は、三好町の黒板塀の廻された仕舞屋を見張っていた。

「親分……」

亀吉が駆け寄って来た。

「分かったか……」

「はい。家の主は茶の湯の宗匠で名は山岡蒼久《やまおかそうきゅう》、おこんって年増の女房と万作《まんさく》って弟子の三人で暮らしているそうです」

亀吉は。自身番で訊いて来た事を報せた。

「そして、時々旅の者を泊めているか……」

「はい……」

「よし。亀吉、此処を見張れ。俺は梶原の旦那にお報せするぜ……」

辰五郎は告げた。

「承知……」

亀吉は頷いた。

黒板塀に囲まれた仕舞屋には、明かりが灯されていた。

燭台の火は揺れた。

南町奉行役宅の座敷では、根岸肥前守と正木平九郎が梶原八兵衛の報告を受けていた。

「そうか、薬種問屋大黒堂の隠居の義平、料理屋笹乃井の下男を使って三好町の仕舞屋に探りを入れているか……」

肥前守は、小さな笑みを浮かべた。

「はい。岡っ引の辰五郎と亀吉によりますと、仕舞屋の主は山岡蒼久と云う茶の湯の宗匠で、年増の女房と弟子の三人暮らしで、時々旅の者を泊めているとか……」

梶原は報せた。

「隠居の義平、笹乃井でその山岡蒼久と思われる男を酒の肴にしていたのだな」

平九郎は、梶原に尋ねた。

「はい……」

梶原は頷いた。

「お奉行……」

「うむ。平九郎、おそらくその山岡蒼久、盗賊の頭だろう」

肥前守は睨んだ。

「はい……」

「で、隠居の義平は、それと知って探りを入れているか……」

「お奉行。隠居の義平、明日の夜、青山麟太郎どのに夜釣りのお供を頼んでいます」

梶原が告げた。

「明日の夜、夜釣りのお供か……」

「夜狐の藤兵衛の件からすると、盗賊の山岡蒼久と一味の者は、明日の夜、押込みを働き、隠居の義平はそいつを邪魔する気かな……」

肥前守は苦笑した。

「きっと……」

梶原は頷いた。

「よし。梶原、山岡蒼久を見張り、一味の者が揃《そろ》ったら秘かにお縄にしろ」

肥前守は命じた。

「はっ。心得ました。では……」

梶原は、一礼して出て行った。

「それにしてもお奉行、薬種問屋大黒堂の隠居の義平、何故《なにゆえ》に盗賊の邪魔をしているんでしょうか……」

平九郎は眉をひそめた。

「平九郎、霞の仏だよ」

肥前守は苦笑した。

「霞の仏……」

「うむ。隠居の義平は霞の仏だ。義平は外道働きの盗賊を此の世から消そうとしているのかもしれぬ」

肥前守は読んだ。

「成る程。盗賊に良いも悪いもありませんが、盗賊には盗賊なりの意地や矜持《きょうじ》がありますか……」

平九郎は苦笑した。

「うむ。おそらくそんな処だろう。釣りは釣りでも、獲物は盗賊の夜釣り。霞の仏、洒落《しやれ》た真似《まね》をする年寄りだよ」

肥前守は笑った。

「それにしても、麟太郎どのに片棒を担がせるとは……」

「ま、麟太郎など、霞の仏、隠居の義平にしてみれば、使い勝手の良い若い浪人に過ぎぬだろうな……」

肥前守は苦笑した。

「おのれ……」

「よし。平九郎、明日の夜、私も夜釣りに行くよ」

肥前守は、楽し気に云い放った。


大川の流れは煌めいた。

辰五郎と亀吉は、三好町の黒板塀に囲まれた仕舞屋を見張っていた。

「どうだ……」

梶原八兵衛がやって来た。

「主の山岡蒼久、女房のおこん、弟子の万作、それに薬売りの行商人など手下と思われる旅人が四人います」

辰五郎は告げた。

「男は蒼久と弟子の万作を入れて六人か……」

梶原は、仕舞屋を見詰めた。

「はい。おそらく、その六人が盗賊一味の者共かと思います。で、動き出すのは、日が暮れてからかと……」

辰五郎は読んだ。

「よし。此れからお縄にするよ」

梶原は笑った。

半刻《はんとき》(約一時間)後。

梶原は、同心と捕り方、そして辰五郎や亀吉を率いて黒板塀に囲まれた仕舞屋に踏み込んだ。

捕り方たちは黒板塀の中に入って仕舞屋を取り囲み、茶の湯の宗匠山岡蒼久と女房のおこん、弟子の万作と配下の旅人四人を一挙にお縄にし、船に乗せて大川から日本橋川の南茅場町の大番屋に引き立てた。

黒板塀内だけでの半刻も掛からない捕り物だった。

茶の湯の宗匠山岡蒼久は、睨み通り蜘蛛《くも》の陣内《じんない》と云う盗賊の頭であり、弟子の万作と四人の旅人は手下だった。

大川の御厩河岸に変わりはなく、三好町の黒板塀に囲まれた仕舞屋は、何事もなかったかのように静けさに覆われていた。

刻は過ぎた。


夕暮れが近付いた。

麟太郎は、閻魔堂に手を合わせて閻魔長屋を出て薬種問屋『大黒堂』に急いだ。

「やあ。御苦労さま……」

隠居の義平は、釣り竿を手入れしながら麟太郎を迎えた。

「今夜は何処で夜釣りですか……」

麟太郎は尋ねた。

「そうですねえ。今夜はちょいと遠出をして大川は御厩河岸に行きますか……」

義平は告げた。

「御厩河岸ですか……」

麟太郎は頷いた。


大川には様々な船の明かりが映えていた。

薬種問屋『大黒堂』隠居の義平は、御厩河岸の船着場から離れた処で夜釣りをする事に決めた。

麟太郎は抱えて来た筵を敷き、酒や料理を置いた。

「さあて、今夜も釣れると良いんですがね」

義平は、楽し気に釣り糸を垂れた。

「じゃあ、私も……」

麟太郎は、釣り竿を借りて釣りを始めた。

刻が過ぎ、大川を行く船の明かりは減った。

義平と麟太郎に釣られる魚は少なかった。

「今夜は余り釣れませんね……」

麟太郎は飽きて来た。

「ええ……」

義平は、釣りをしながら黒板塀に囲まれた仕舞屋を窺った。

仕舞屋は暗く、出入りする者もいなく静寂に包まれていた。

近くの寺が亥《い》の刻四つ（午後十時）を報せる鐘を打ち鳴らした。

亥の刻四つの鐘の音は、夜空に静かに響き渡った。

両国橋、浅草御蔵のある下流から屋根船が、櫓を軋ませながらやって来た。

来た……。

義平は、小さな笑みを浮かべた。

屋根船は、御厩河岸の船着場に船縁を寄せた。

「今頃、誰ですかな……」

「まさか、此の前と同じように……」

麟太郎は眉をひそめた。

「ええ……」

麟太郎と義平は、草むらに身を潜めて屋根船を見守った。

船頭は船着場に下り、舫《もや》い綱《づな》を結んだ。

障子が開き、袖無《そでなし》羽織を着た年寄りと、着流しの中年武士が釣り竿を持って下りて来た。

「うん……」

義平は眉をひそめた。

見覚えのある顔の二人だ……。

麟太郎は戸惑った。

「やあ、釣れますかな」

袖無羽織の年寄りは、義平に親し気に声を掛けた。

「えっ、まあ……」

義平は苦笑した。

「ならば、お邪魔しますよ……」

袖無羽織の年寄りは笑い、着流しの武士が筵を敷いた。

あっ……。

麟太郎は、敷いた筵に座って釣りを始めた袖無羽織の年寄りと着流しの武士が何者か気が付いた。

袖無羽織の年寄りは南町奉行の根岸肥前守であり、着流しの武士は内与力の正木平九郎なのだ。

麟太郎は、戸惑いながらも二人を見直した。

間違いない……。

根岸肥前守と正木平九郎なのだ。

麟太郎は見定めた。

「今夜は何が釣れそうかな……」

肥前守は尋ねた。

「さあて、何が釣れますか……」

　義平は苦笑した。

「盗賊の蜘蛛の陣内と一味の者共なら既に釣り上げられたよ」

　肥前守は告げた。

「えっ……」

　義平は狼狽えた。

「今夜は夜狐の藤兵衛を釣った時のようにはいかないよ。霞の仏……」

　肥前守は、義平に笑い掛けた。

「えっ……」

　義平は凍《い》て付いた。

「盗賊霞の仏。南町のお奉行、根岸肥前守さまだ。神妙にするんだな」

　平九郎は、義平を厳しく見据えた。

「根岸肥前守さま……」

　義平は呆然《ぼうぜん》とした。

「あの……」

　麟太郎は、事の次第に戸惑い、困惑した。

「やあ、麟太郎どの、大黒堂隠居の義平は霞の仏と名乗る盗賊でしてね。外道働きの盗賊を町奉行所に捕らえさせていたのです」

平九郎は、麟太郎に笑い掛けた。

「えっ。そうなんですか……」

麟太郎は驚き、義平を呆然と見詰めた。

「肥前守さま、此方《こちら》の青山麟太郎さんは、一晩一朱で雇った夜釣りのお供でして、霞の仏一味の盗人じゃありません。何分、宜しくお願いします」

義平は頭を下げた。

「うむ。その辺りは良く分かっている。それより、霞の仏、他にも非道な外道働きの盗賊が江戸に潜んでいるなら教えて貰おう……」

肥前守は告げた。

「残念ながら今の処は……」

義平は、首を横に振った。

「ならば、分かったら報せて貰おうか……」

肥前守は笑い掛けた。

「えっ……」

義平は戸惑った。

「隠居した老盗人。今更《いまさら》、捕らえて死罪にするより、生かして世の中の為に働いて貰おうと思うが、良いな」

肥前守は、義平に笑い掛けた。

「肥前守さま、忝のうございます」

義平は、頭を下げて礼を述べた。

「うむ。さあて、麟太郎。義平の竿に魚が掛ったようだぞ」

「あっ、はい。御隠居……」

麟太郎と義平は、慌てて釣り竿を上げた。

釣り上げられた大きな鯉が跳ね、釣り糸を切って逃れた。

「うむ。惜しかったな。中々の大物だった」

肥前守は残念がった。

「いいえ。今夜の夜釣りは、思わぬ大物が釣れたようでして……」

義平は笑った。

「そいつは何より……」

肥前守は苦笑した。

麟太郎は、己の気付かぬ処で様々な事が進んでいたのを知った。

大川の流れは、蒼白い月明かりを浴びて美しく煌めいた。

第二話　強《したた》かな女

一

さあて、それからどうする……。

麟太郎《りんたろう》は、手にしていた筆を置いて仰向《あおむ》けに寝転がった。

主人公が仇《かたき》の旗本を討ち果たし、それからどうする……。

麟太郎は、絵草紙の主役の武士の動きを思案した。

此《こ》れで目出度《めでた》し目出度しでは、当たり前過ぎて面白くない……。

麟太郎は、物語の次への展開を探した。だが、これぞと思う次への展開は浮かばなかった。

此の話も駄目かな……。

麟太郎は、吐息を洩《も》らした。

腹が鳴った。

先《ま》ずは飯でも食って来るか……。

麟太郎は決めた。

腰高障子《こしだかしょうじ》が叩《たた》かれた。

「おう。戸は開いているよ」

麟太郎は、身を起こした。

「お邪魔しますよ」

腰高障子を開け、地本《じほん》問屋『蔦屋《つたや》』の女主《おんなあるじ》のお蔦《つた》が入って来た。

「二代目か……」

「あら、仕事中だったの……」

お蔦は、文机《ふづくえ》の上をちらりと覗《のぞ》き、持参した風呂敷包みを解《ほど》いた。

「麟太郎さんの好きな萩屋《はぎや》のお稲荷《いなり》さんを買ってきたわよ」

お蔦は、風呂敷から笹の葉で包んだ稲荷寿司を差し出した。

「こいつはありがたい。茶を淹《い》れるよ」

麟太郎は、火鉢《ひばち》に乗っていた鉄瓶《てつびん》の湯で出涸《でが》らし茶を淹れた。

「どうなの進み具合は……」

「まあまあだよ。萩屋の稲荷寿司はいつ食べても美味《うま》いな」

麟太郎は、稲荷寿司を美味そうに食べながら茶を啜《すす》った。

「それは良かったわ」

お蔦は苦笑した。

「して、用は何だい……」

麟太郎は尋《たず》ねた。

「あら、良い勘《かん》ねえ」

お蔦は感心した。

「俺の好きな萩屋の稲荷寿司だよ」

麟太郎は、稲荷寿司を食べながら笑った。

「そうか。それでね、麟太郎さん。昨夜、柳亭紅伝《りゅうていこうでん》先生が昌平橋《しょうへいばし》の袂《たもと》で襲われましてね」

お蔦は眉《まゆ》をひそめた。

「襲われた」

麟太郎は驚き、稲荷寿司を持つ手を口許で止めた。

「ええ……」

「で、柳亭紅伝先生、殺されたのか……」

麟太郎は、身を乗り出した。

「いいえ。命はどうにか取り留めたんですが、大怪我をして意識を失ったままなのよ」

「そうか……」

「ええ。まあ、柳亭紅伝先生、あんな人だから恨《うら》まれている事も多いから……」

柳亭紅伝は、御家人上がりの戯作者であり、傲慢《ごうまん》で冷酷な人柄で受け狙いで実在の人や店が分かるような絵草紙を書き、恨みや憎しみを買っていた。

「うん。もし書いた絵草紙が元で襲われたのなら、その絵草紙の版元の二代目も狙われるかもしれないぞ」

麟太郎は、厳しさを滲《にじ》ませた。

「そんな……」

お蔦は、身震いした。

「して二代目、柳亭紅伝先生を襲った者が誰か、分からないのか……」

「ええ。月番の北町奉行所のお役人の話では、襲われる前に神田明神《かんだみようじん》の盛り場でお酒を飲んで誰かと揉《も》め、その挙句《あげく》に襲われた。酔った挙句の喧嘩《けんか》だろうって……」

お蔦は、苛立《いらだ》ちを過《よ》ぎらせた。

「じゃあ、探索は好《い》い加減で有耶無耶《うやむや》だな」

麟太郎は眉をひそめた。

「ええ、きっと。だから、来たんですよ」

お蔦は、厳しさを滲ませた。

「じゃあ、俺に調べろと……」

「ええ。連雀町《れんじゃくちょう》の親分の処《ところ》の亀吉《かめきち》さんに手伝って貰《もら》って……」

「そりゃあ、同業の柳亭紅伝先生を襲った挙句、版元の二代目も狙っているとなれば、黙っちゃあいませんが、今書いている話もあるし……」

麟太郎は、上手《うま》く行っていない書き掛けの原稿を見た。

「じゃあ麟太郎さん、探索の掛りは勿論《もちろん》、絵草紙一冊分を前払い。それでどうかしら……」

お蔦は、麟太郎に笑い掛けた。

「よし。良いだろう。引き受けた」

麟太郎は頷《うなず》き、一個残っていた稲荷寿司を頬張《ほおば》った。

麟太郎は、お蔦を通油町《とおりあぶらちょう》の地本問屋『蔦屋』に送り、神田連雀町に向かった。

下《した》っ引《ぴき》の亀吉は、神田連雀町の岡《おか》っ引《ぴき》の辰五郎《たつごろう》の家の裏にある雀《すずめ》長屋に住んでいる。

麟太郎は、雀長屋の亀吉の家を訪れた。

「おや。珍しいですね」

亀吉は、笑顔で迎えた。

「うん。ちょいと訊《き》きたい事があってね」

「戯作者の柳亭紅伝の一件ですか……」

亀吉は読んだ。

「ああ……」

麟太郎は苦笑した。


昼飯時の過ぎた蕎麦屋《そばや》は空いていた。

麟太郎と亀吉は、衝立《ついたて》の陰で蕎麦を手繰《たぐ》って酒を飲んだ。

「じゃあ、北町奉行所の同心の旦那は、柳亭紅伝さん、酒に酔っての喧嘩の果ての大怪我だと見ているんですか……」

「ええ。柳亭紅伝が酔っ払っていたってのと、大怪我はしたけど命は取り留めたのが、そう決めさせたようですよ」

「で、梶原《かじわら》の旦那や辰五郎の親分は何て……」

「ま、月番の北町が決めた事です。滅多《めった》な事は云《い》いませんよ」

亀吉は苦笑した。

「じゃあ亀さんは、どう思っているのかな……」

麟太郎は笑い掛けた。

「そりゃあ、只《ただ》の酔っ払いの喧嘩じゃあないと思っていますよ」

亀吉は苦笑した。

「やっぱり……」

「じゃあ、蕎麦を食べ終わったら、柳亭紅伝が酒を飲んでいた神田明神の盛り場に行ってみますか……」

「ええ……」

麟太郎は頷き、猪口《ちょこ》の酒を飲み干した。

神田明神は参拝客で賑《にぎ》わっていた。

麟太郎と亀吉は、門前町《もんぜんちょう》の盛り場を訪れた。

盛り場に連なる飲み屋は、開店の仕度《したく》に忙しかった。

麟太郎と亀吉は、聞き込みを掛けて柳亭紅伝が酒を飲んでいた小料理屋を突き止めた。

「柳亭紅伝さんですか……」

小料理屋の年増の女将《おかみ》は、困惑したように眉をひそめた。

「ええ。此処《ここ》で酒を飲んでいた時は、どんな風だったのかな……」

麟太郎は尋ねた。

「どんなって、紅伝さん、お一人で来ていましてね。隅で飲んでいたんですが、他のお客の話に口を突っ込んでは、嫌がられていましてね。その内、お客の浪人さんと揉め始めて、私も困ってしまい、お代はいらないからって、お帰り頂いたんですよ」

女将は、迷惑そうに告げた。

「その時、紅伝先生、かなり酔っていたんですか……」

麟太郎は訊いた。

「ええ、まあ……」

女将は頷いた。

「で、紅伝と揉めた浪人はどうしたんですか……」

「半刻《はんとき》（約一時間）程、飲んで帰りましたよ」

「半刻程ですか……」

亀吉は眉をひそめた。

「ええ……」

「女将さん、その浪人さん、何処《どこ》の誰か分かりますか……」

「ええ。妻恋町《つまこいちょう》の桜《さくら》長屋に住んでる水原左内《みずはらさない》さんって浪人さんですよ」

「水原左内さん……」

麟太郎は眉をひそめた。

「ええ。落ち着いた良い方ですよ……」

「水原左内さんの事、北町奉行所の同心の旦那には伝えましたか……」

亀吉は尋ねた。

「勿論です。でも、半刻も後に帰ったのなら違うだろうと……」

「そうですか……」

「半刻後に此処を出て、何処かで飲んでいた紅伝先生とばったり出会い、喧嘩になったのかもしれませんね」

麟太郎は読んだ。

「行ってみますか、妻恋町の桜長屋……」

「ええ……」

麟太郎と亀吉は、年増の女将に礼を云って妻恋町に向かった。


妻恋町の桜長屋の木戸には、桜の古木が葉を繁《しげ》らせていた。

麟太郎と亀吉は、桜長屋の水原左内の家を訪れた。

水原左内は、前掛けに木屑《きくず》を付け、緊張した面持ちで家から出て来た。

爪楊枝《つまようじ》作りの内職をしている……。

麟太郎は、水原左内の前掛けの木屑からそう睨《にら》んだ。

「やあ。あっしは岡っ引連雀町の辰五郎の身内の亀吉。此方《こちら》は青山《あおやま》麟太郎さん、ちょいと訊きたい事がありましてね」

亀吉は、懐の十手《じって》を見せた。

「柳亭紅伝の事か……」

水原左内は、既に北町奉行所の同心に訊かれていたのか、麟太郎と亀吉の用を読んだ。

「ええ。昨夜、神田明神前の小料理屋で揉めたそうですね」

亀吉は尋ねた。

「うむ。紅伝の奴、楽しく酒を飲んでいる者の話にいちいち口を挟み、馬鹿にしていてな。それで、思わず静かにしろとな……」

左内は、腹立たし気に告げた。

「で、女将さんが紅伝先生を帰し、水原さんも半刻後に帰りましたか……」

「ああ。紅伝、昌平橋の袂で何者かに襲われ、大怪我をしたそうだな」

「ええ。それについて何か心当たりは……」

「私は真っ直ぐに此処に帰って来た。昌平橋とは反対側なので、心当たりなどないな」

「そうですか……」

「処で水原さん、柳亭紅伝先生をどう見ました……」

麟太郎は訊いた。

「うん。あの人柄だ。仲の良い者もいない嫌われ者だろうな」

「その通りですが、その人柄が人や世の中を斜《はす》に見た物語を書いて売れています」

麟太郎は苦笑した。

「お前さん……」

左内は、麟太郎を見詰《みつ》めた。

「柳亭紅伝先生と同業の閻魔堂赤鬼《えんまどうあかおに》です」

麟太郎は、己《おのれ》の生業を告げた。

「ほう。お前さんも戯作者か……」

左内は笑った。

「ええ。ま、紅伝先生と違って真っ当過ぎる話ばかりを書いて、余り売れちゃあいませんがね」

麟太郎は苦笑した。

「そいつは気の毒に……」

左内は笑った。

「仕方がありませんよ。して、紅伝先生が襲われた心当たり、ないんですね」

麟太郎は念を押した。

「心当たりになるかどうかは分らぬが、気になった事がひとつあった……」

「何ですか……」

「私が小料理屋に行った時、店の外に処の地廻《じまわ》りが誰かを待っているような顔でうろうろしていた。ま、余り拘《かかわ》りがあるとは思えないがね……」

左内は告げた。

「その地廻りの名前は……」

麟太郎は眉をひそめた。

「さあ、名は分らぬが、左頬に刃物の古い傷痕があったと思うが……」

左内は首を捻《ひね》った。

「亀さん……」

「処の地廻りで左頬に刃物の古い傷痕ってのは、間違いありませんね」

亀吉は、左内に念を押した。

「ああ……」

左内は頷いた。

神田明神一帯を仕切っている地廻りは、明神下の通りに組を構えている明神一家だ。

亀吉と麟太郎は、明神一家の地廻りに左頬に刃物の古い傷痕のある者を捜《さが》した。

だが、左頬に刃物の古い傷痕のある地廻りは容易に見付からなかった。

亀吉は、明神一家の若い地廻りを捕まえて締め上げた。

「左頬に古い刃物の傷痕のある奴ですか……」

若い地廻りは、困惑を浮かべた。

「ああ。素直に教えた方が身の為だぜ」

亀吉は笑い掛けた。

「へ、へい。そりゃあもう……」

若い地廻りは、笑い掛ける亀吉に不気味さを覚えた。

「で、誰なんだい。左頬に古い刃物の傷痕のある地廻りは……」

「はい。卯之吉《うのきち》の兄貴だと思います」

若い地廻りは、声を潜《ひそ》めた。

「卯之吉か……」

亀吉は念を押した。

「はい……」

「で、その卯之吉、何処にいる……」

「さあ、今日は未《ま》だ、顔を見ちゃあいませんが……」

「だったら、家は何処だ……」

亀吉は尋ねた。

「茅町《かやちょう》にあるお池《いけ》長屋です」

若い地廻りは告げた。

「よし。そのお池長屋に案内して貰うぜ」

「えっ……」

若い地廻りは戸惑った。

「さあ。行きな……」

亀吉は、冷笑を浮かべて若い地廻りを促した。

若い地廻りは、重い足取りで不忍池《しのばずのいけ》に向かった。

「麟太郎さん……」

「はい……」

亀吉と麟太郎は、若い地廻りに続いた。

夕陽は神田明神境内を赤く染め、参拝客たちは家路についた。

夕暮れの不忍池の空には、塒《ねぐら》に帰る鳥が飛び交っていた。

亀吉と麟太郎は、若い地廻りに誘《いざな》われて不忍池の畔《ほとり》を進んだ。

やがて連なる寺が見えて来た。

若い地廻りは、寺の裏に進んだ。

亀吉と麟太郎は続いた。

寺の裏には、古いお池長屋があった。

「此の長屋の奥の家です……」

若い地廻りは、お池長屋の木戸で告げた。

お池長屋の井戸端には誰もいなく、連なる家々には小さな明かりが灯《とも》されていた。

「奥の家か……」

「はい。明かり、灯されていませんね」

若い地廻りは、戸惑いを浮かべた。

「うん……」

「亀さん……」

「行ってみますか……」

「ええ……」

「よし。此処にいろ……」

亀吉は、若い地廻りを木戸に残し、麟太郎と一緒に暗い奥の家に向かった。

亀吉は、暗い奥の家の腰高障子を叩いた。

暗い家から返事はなかった。

「卯之吉、留守なのかな……」

亀吉は眉をひそめた。

「ええ……」

麟太郎は、腰高障子を引いた。

腰高障子が開いた。

「卯之吉、いるか、卯之吉……」

麟太郎は、暗い家の中に声を掛けた。


亀吉は、明かりを灯した。

狭い家の中には、万年蒲団《ぶとん》と小さな火鉢があるだけだった。

麟太郎は、竈《かまど》の灰を検《あらた》めた。

灰は冷たく、僅《わず》かに固まっていた。

「どうやら、昨日から留守のようですね」

地廻りの卯之吉は、戯作者の柳亭紅伝襲撃に拘りがあって姿を消したのかもしれない。

　麟太郎は睨んだ。

　古いお池長屋には、小さな子供の笑い声が響いた。

二

　浜町堀《はまちょうぼり》に月影が揺れ、通油町には夜廻《よまわ》りの木戸番の打つ拍子木の音が響いた。

　地本問屋『蔦屋』は大戸を閉め、寝静まっていた。

　木戸番の打つ拍子木の音が遠ざかった。

　路地の暗がりが揺れ、頰被《ほおかむ》りの男が現れた。

　頰被りの男は、腰に提《さ》げた竹筒の栓を抜いて中身の液体を地本問屋『蔦屋』の大戸に振り掛けた。

　大戸に降り掛けられた液体は、月明かりを受けて七色に輝いた。

　油だった。

　頰被りの男は、腰から火種を取り出して布切れに移した。

　布切れは燃えた。

頰被りの男は、燃え上がる布切れを大戸に掛けた油に近付けた。

大戸に掛けられた油は燃え上がった。

「何をしている……」

浜町堀から来た男が叫び、大戸の燃える地本問屋『蔦屋』に駆け寄って来た。

麟太郎だった。

頰被りの男は、燃え上がる炎に顔を照らされ慌《あわ》てて逃げた。

「火事だ。付け火だ。火事だぞ」

麟太郎は、叫びながら大戸に広がる火を消し始めた。

お蔦が、番頭の幸兵衛《こうべえ》おとき夫婦や春吉《しゅんきち》と一緒に裏から出て来た。

「麟太郎さん……」

「おお、二代目、付け火だ……」

麟太郎は、火を消しながら叫んだ。

お蔦、幸兵衛、春吉は、麟太郎と一緒に火を消し始めた。

近所の者たちも駆け付け、火は大戸を焦がしただけで消えた。

「お騒がせして申し訳ございませんでした。本当にありがとうございます」

お蔦と幸兵衛は、火を消しに駆け付けてくれた近所の人々に詫《わ》び、礼を述べた。

お蔦は居間に戻り、幸兵衛は春吉と辺りの掃除を始めた。


麟太郎は、居間で幸兵衛の女房のおときの淹れてくれた茶を啜っていた。

「御苦労さま、お陰で火事にならず、小火《ぼや》で済んで助かりました」

お蔦は、麟太郎に礼を云った。

「うん。亀さんと紅伝先生を襲った奴の手掛かりを追っていてな。ちょいと気になって寄ってみたんだが、大事にならずに済んで何よりだったな」

麟太郎は告げた。

「付け火だなんて。誰の仕業ですかね」

お蔦は眉をひそめた。

「うん。頬被りをした町方の男だったが、何か心当たりはあるかな……」

麟太郎は尋ねた。

「そんな。付け火をされる心当たりなんかありませんよ」

お蔦は、頬を膨《ふく》らませた。

「ならば、柳亭紅伝先生の拘りかな……」

麟太郎は読んだ。

「あっ、そうか……」

お蔦は、緊張した面持ちで頷いた。

絵草紙に書かれた事で恨みを持った者は、戯作者の柳亭紅伝を襲い、版元である地本問屋『蔦屋』に付け火をしたのかもしれない。

「その辺りかな……」

麟太郎は眉をひそめた。

「で、麟太郎さん、紅伝先生を襲った奴が誰か分かったのですか……」

お蔦は尋ねた。

「そいつは未だだが、紅伝先生はどんな具合だ……」

麟太郎は心配した。

「時々、気は取り戻すそうだけど、喋《しゃべ》る事も出来ずにぼうっとして、直《す》ぐに眠り込んでしまうって話ですよ」

お蔦は眉をひそめた。

「処で二代目。紅伝先生の一番新しい絵草紙はあるか……」

「そりゃありますよ」

「だったら、ちょいと見せてくれ」

　麟太郎は頼んだ。

「えっ……」

　お蔦は戸惑った。

「一番新しい絵草紙の登場人物で悪く描かれている者が、何もかも俺の事だと怒り、恨みに思って紅伝先生を襲い、版元の蔦屋に付け火をしたのかもしれない」

　麟太郎は読んだ。

「そうか。でも、どうして一番新しい絵草紙なのよ」

「紅伝先生が実際の話や本当にいる人物を書いているのは此処何年もの事だ。それが今になって襲うとなると……」

「一番新しい絵草紙か。ちょいと待って、今持って来る……」

　お蔦は、自分の部屋に走った。

「おときさん、近頃、何か変わった事はなかったかな……」

　麟太郎は、居間の隅にいるおときに尋ねた。

「さあ、此れと云って……」

　おときは、不安そうに首を横に振った。

「はい。真実は此れだ。陰謀、仏具屋地獄相続……」

お蔦が戻り、一冊の絵草紙を差し出した。

「へえ。此れが紅伝先生の一番新しい絵草紙か。陰謀、仏具屋地獄相続か、凄い題名だな」

麟太郎は、絵草紙を手に取った。

「ええ。その辺りが受けているのだけど、此の絵草紙は下谷《したや》の上野元黒門町《うえのもとくろもんちょう》の仏具屋念仏堂《ねんぶつどう》を手本にし、登場する旦那やお内儀、情を通じる叔父や義妹の名は本人と同じ。読み手もいろいろ想像して楽しんでいるんだけど、遣《や》り過ぎたんでしょうね」

お蔦は、肩を落として吐息を洩らした。

「かもしれないな。とにかく此の陰謀、仏具屋地獄相続を熟読玩味《がんみ》させて貰うよ」

麟太郎は、柳亭紅伝の書いた絵草紙を懐に入れた。


その夜、麟太郎は閻魔長屋の家に戻り、酒を飲みながら柳亭紅伝の『陰謀、仏具屋地獄相続』を読み終えた。

『陰謀、仏具屋地獄相続』は、浅草《あさくさ》の仏具屋『念仏屋』の主の宗兵衛《そうべえ》とお内儀のおきぬの店の身代を巡っての争いを、弟や妹を加えた愛欲を入り交えて書かれた物語だった。

　旦那の宗兵衛とお内儀のおきぬは仲が悪く、それぞれが情人《いろ》を作っていた。

　宗兵衛はおきぬの妹のおしん、おきぬは宗兵衛の弟の宗助《そうすけ》、それぞれが秘かに情を交わして仏具屋『念仏屋』の身代を巡って醜い争いを繰り広げた。そして、宗兵衛と宗助は殺し合って死に、おきぬとおしんの姉妹が生き残り、仏具屋『念仏屋』の身代を相続し、手を取り合って喜ぶと云う筋立てだった。

　怖い女たちの凄い話だ……。

　此の絵草紙に書かれた仏具屋の事は、本当なのか……。

　麟太郎は、想いを巡らせた。

　本当ならたまったもんじゃあない……。

　明日、確かめてみよう。

　麟太郎は、行燈《あんどん》の火を吹き消して煎餅《せんべい》蒲団を被《かぶ》った。


　閻魔長屋の井戸端は、洗濯をするおかみさんたちの笑い声と幼い子供たちの歓声に満ちていた。

　麟太郎は、おかみさんたちに朝の挨拶《あいさつ》をして閻魔長屋を出た。そして、木戸の傍《そば》の閻魔堂に手を合わせ、地本問屋『蔦屋』に向かった。

麟太郎は、柳亭紅伝の書いた絵草紙『陰謀、仏具屋地獄相続』をお蔦に差し出した。

「怖い女たちの話だな……」

「ええ……」

「して、此の絵草紙に書かれている浅草の仏具屋念仏屋は……」

麟太郎は訊いた。

「紅伝先生は教えてくれなかったけど、私が調べた限りじゃあ、上野元黒門町に念仏堂って仏具屋があり、主が宗兵衛、お内儀がおきぬ。そして、宗兵衛に宗助って弟、おきぬにはおしんって妹がいたのよ……」

「弟と妹か。紅伝先生の絵草紙と同じだな……」

麟太郎は眉をひそめた。

「ええ。で、宗兵衛と宗助が死んで、おきぬが身代を相続し、妹のおしんと助け合って仏具屋念仏堂を営んでいるんですよ」

お蔦は、困惑した面持ちで告げた。

「絵草紙と同じ筋立てか……」

「ええ……」

お蔦は頷いた。

「そうか……」

麟太郎は眉をひそめた。

絵草紙と現実の違いは、〝浅草〟が〝上野〟、〝念仏堂〟が〝念仏屋〟だと云う事だけであり、旦那とお内儀、弟と妹の名は同じだった。

読者は、絵草紙に書かれた話は、店のある場所と屋号の違いはあれど、登場人物の名前などからして上野元黒門町の仏具屋『念仏堂』の事だと読み、面白おかしく囁《ささや》き合い、噂《うわさ》し合った。

「それじゃあ誰が読んでも、上野元黒門町の仏具屋念仏堂の事だと思うな」

麟太郎は頷いた。

「ええ。それで、それを面白がった人たちが絵草紙を買って。今になってみれば、こんな筋立ての絵草紙、版元としては出しちゃあいけなかったのよ……」

お蔦は悔《く》やんだ。

「きっとな……」

麟太郎は頷いた。

草紙の物語が事実であろうがなかろうが、書かれた上野元黒門町の仏具屋『念仏堂』の者はたまったものではない。

「して、上野元黒門町の仏具屋念仏堂から苦情や抗議はなかったのかな」

「ありました……」

「あった……」

「はい。お内儀さんのおきぬさんから。でも、紅伝先生は場所と屋号が違うから苦情は当たらず、読者が勝手にそう思っているだけだと、笑い飛ばしたんです」

お蔦は、哀し気に項垂《うなだ》れた。

「そうだったのか……」

戯作者の柳亭紅伝は、恨まれて襲われても仕方がないのかもしれない……。

麟太郎はそう思った。

戯作者柳亭紅伝を襲い、地本問屋『蔦屋』に付け火をしたのは、仏具屋『念仏堂』の女主のおきぬに頼まれた者なのかもしれない。

麟太郎は、上野元黒門町に急いだ。

下谷《したや》広小路《ひろこうじ》は賑わっていた。

上野元黒門町にある仏具屋『念仏堂』は、客も疎《まば》らで奉公人たちは手持ち無沙汰《ぶさた》にしていた。

紅伝の絵草紙の所為《せい》で客が減ったのかもしれない。

だとしたら、紅伝に対する怒りも恨みも深い筈《はず》だ。

そして、もしも絵草紙の筋立てが本当だったとしたら、紅伝に対する怒りと恨みの他に口封じも秘められているのかもしれない。

麟太郎は、仏具屋『念仏堂』を眺《なが》めた。

「麟太郎さん……」

見廻りの途中の亀吉が駆け寄って来た。

「やあ、亀さん」

「仏具屋の念仏堂がどうかしましたか……」

亀吉は眉をひそめた。

「え、ええ。実は……」

麟太郎は、亀吉に仏具屋『念仏堂』と戯作者の柳亭紅伝の拘りを話した。

亀吉は、黙って話を聞き終えて吐息を洩らした。

「凄い絵草紙ですね……」

「ええ……」

「ですが、それだけで柳亭紅伝を襲わせますかね……」

「昨夜、蔦屋が付け火されましてね」

「蔦屋が付け火……」

亀吉は驚いた。

「はい。偶々《たまたま》、私が通り掛かり、大戸を焦がしただけで済みました」

「戯作者に版元の地本問屋ですか……」

「ええ。ですから、絵草紙が元に間違いないかと……」

亀吉は眉をひそめた。

「ええ。ですから、絵草紙が元に間違いないかと……」

麟太郎は睨んだ。

「そうですね」

亀吉は頷いた。

「亀さん、地廻りの卯之吉は、念仏堂のお内儀に頼まれたのかもしれませんね」

麟太郎は読んだ。

「ええ。お池長屋に行ってみます」

亀吉は、地廻りの卯之吉を捕まえ、問い質《ただ》すつもりなのだ。

「俺も行きます」

麟太郎は、亀吉と茅町のお池長屋に急いだ。


不忍池には水鳥が遊んでいた。

麟太郎と亀吉は、畔から寺の裏のお池長屋に進んだ。

お池長屋はおかみさんたちの洗濯の時も過ぎ、静けさに覆《おお》われていた。

麟太郎と亀吉は、卯之吉の家の腰高障子を叩いた。

家の中から返事はなかった。

「昨夜も帰っていないのかな……」

麟太郎は読んだ。

「さあて、どうなのか……」

亀吉は頷いた。

「お前さんたち、卯之吉なら今、浪人と出て行ったよ」

隣の家から中年のおかみさんが顔を出し、煩《うるさ》そうに告げた。

「今、浪人と……」

麟太郎は眉をひそめた。

「何処に行ったのか、分かるかな」

亀吉は訊いた。

「さあ、陸《ろく》でもない奴らだから、人気《ひとけ》のない処じゃあないのかい……」

中年のおかみさんは苦笑した。

「そうか……」

亀吉と麟太郎は、お池長屋から駆け出した。

亀吉と麟太郎は、不忍池の畔に駆け出して来て辺りを見廻した。

「た、助けてくれ……」

男の悲鳴が、不忍池の向こうの茂みの陰から上がった。

麟太郎と亀吉は、男の悲鳴の上がった不忍池の向こうの茂みに猛然と走った。

茂みの陰から塗笠《ぬりがさ》を被った侍が現れ、不忍池の畔を北に逃げた。

「亀さん、頼む……」

麟太郎は、茂みの陰をちらりと見て塗笠の侍を追った。

茂みの陰には、町方の男が倒れていた。

「おい。しっかりしろ……」

亀吉は、倒れている町方の男に駆け寄った。

倒れている町方の男の左頬には、古い刃物の傷痕があった。

「卯之吉。お前、地廻りの卯之吉だな……」

亀吉は気が付いた。

「ああ……」

卯之吉は、袈裟《けさ》懸《が》けに斬られて血を流し、既に死相の浮いた顔で苦しく頷いた。

「誰だ。誰にどうして斬られた」

「い、市川《いちかわ》紀《き》一郎《いちろう》……」

亀吉は訊いた。

卯之吉は、苦しく告げた。

「市川紀一郎か。どうして斬られたんだ」

「く、口……」

卯之吉は、苦しく顔を歪《ゆが》めて息絶えた。

「口、口封じか……」
亀吉は、息絶えた卯之吉に思わず怒鳴った。
麟太郎は、塗笠を被った侍を追った。
塗笠の侍は、武家屋敷裏の土塀《どべい》沿いの道を逃げた。
「待て……」
麟太郎は追い縋《すが》り、手を伸ばした。
刹那《せつな》、塗笠の侍は振り返り様《ざま》に抜き打ちの一刀を放った。
閃光《せんこう》が走った。
麟太郎は、咄嗟《とっさ》に身を横に投げ出して躱《かわ》した。
そして、素早く跳ね起きて身構えた。
塗笠の侍は逃げていた。
二の太刀を放たず、武家屋敷の裏の土塀沿いの道を逃げ、角を曲がって姿を消した。
逃げられた……。
麟太郎は、追うのを諦《あきら》めた。

麟太郎は、不忍池の畔に駆け戻った。

畔には、亀吉と息絶えた町方の男がいた。

「逃げられたよ……」

麟太郎は告げ、殺された町方の男の顔を覗き込んだ。

「そうですか。左頬に古い傷痕、卯之吉です」

亀吉は眉をひそめた。

「卯之吉……」

麟太郎は、卯之吉が燃え上がる炎に照らされた付け火をした男だと気が付いた。

「昨夜、蔦屋に付け火をした奴です」

麟太郎は見定めた。

三

地廻りの卯之吉を斬り殺したのは、塗笠を被った侍の市川紀一郎……。

亀吉は、親分の連雀町の辰五郎と南町奉行所臨時廻り同心の梶原八兵衛《はちべえ》に報せた。

梶原八兵衛は、直ぐに江戸市中に手配りをし、居場所と素性の割出しを急いだ。

地廻りの卯之吉と市川紀一郎は、どのような拘りだったのか……。

地廻りの卯之吉は、戯作者柳亭紅伝襲撃に拘っており、地本問屋『蔦屋』の付け火をした。

その卯之吉が市川紀一郎に斬られ、〝口……〟と云う言葉を残して絶命した。

亀吉は、〝口……〟と云う言葉を〝口封じ〟だと読んだ。

卯之吉は、市川紀一郎に口封じの為に斬り殺された。

麟太郎は、亀吉の読みに頷いた。

ならば、何の為の口封じなのか……。

麟太郎は読んだ。

もし、絵草紙『陰謀、仏具屋地獄相続』が原因ならば、書いた柳亭紅伝と売り出した『蔦屋』に怒り、恨みを抱いた上野元黒門町の仏具屋『念仏堂』の女主のおきぬと妹のおしんの企てた事であり、市川紀一郎と地廻りの卯之吉は、その手足となって働いていたのかもしれない。そして、卯之吉が追われ始めたのに気が付いた市川紀一郎は、先手を打ってその口を封じたのだ。

よし……。

麟太郎は、元黒門町の仏具屋『念仏堂』に就《つ》いての聞き込みを始めた。

「そりゃあ、あんな絵草紙を書かれちゃあ、どんな店でも怒りますぜ」

元黒門町の木戸番は、絵草紙『陰謀、仏具屋地獄相続』を読んでいるらしく苦笑した。

「だろうな。処で念仏堂の女主のおきぬさん、どんな人柄なのかな……」

麟太郎は尋ねた。

「おきぬさんは、奉公人にも優しい穏やかな人柄で、絵草紙に書かれているような鬼のような怖い女じゃありませんよ」

「妹のおしんはどうかな……」

「おしんさんは、若いだけにはっきりした物言いをしますが、姉のおきぬさんを守《も》り立てて良くやっていますよ」

木戸番は告げた。

「そうか。それにしても念仏堂の前の旦那の宗兵衛と弟の宗助、どうして死んだのかな……」

麟太郎は眉をひそめた。

「宗兵衛の旦那と宗助さん、子供の頃から余り仲は良くなかったそうでしてね。宗兵衛旦那とお内儀のおきぬさんの間に子はなく、弟の宗助さんは念仏堂の身代は弟の自分が継ぐと思っていた。ですが、宗兵衛旦那は、宗助さんを奉公人扱いして出店にやった。それで、宗助さんは怒って宗兵衛旦那と取っ組み合いの喧嘩になり、宗兵衛旦那は宗助さんの首を絞め、宗助さんは宗兵衛旦那の腹を匕首《あいくち》で刺したとか……」

木戸番は、思い出しながら告げた。

「それで、宗兵衛旦那と弟の宗助は死んでしまった……」

「ええ。当時、一件を調べた北の御番所の同心の旦那がそう見極めましてね。一件は落着してお内儀のおきぬさんが念仏堂の身代を継いで旦那に納まり、どうにかやって来たのですが……」

「今年になって、柳亭紅伝の絵草紙が蔦屋から売り出されたか……」

「ええ。それでもう大騒ぎになりましてねえ」

木戸番は眉をひそめた。

「客足も途絶《とだ》えがちになり、おきぬとおしんは怒り、恨みを募らせた……」

麟太郎は読んだ。

「ええ、気の毒に、義理の弟と義理の兄を誑《たぶら》かす強欲な淫乱姉妹に描かれて。悪いのは絵草紙を書いた柳亭紅伝と売った版元の蔦屋ですよ」

木戸番は、おきぬとおしん、仏具屋『念仏堂』に同情した。

「そうだな。して、念仏堂には市川紀一郎って浪人が出入りしていないかな」

「浪人の市川紀一郎ですか……」

「うん……」

「さあて、存じませんねえ」

木戸番は首を捻った。


奉公人にも優しい穏やかな人柄のおきぬ……。

若いだけにはっきりした物言いの妹のおしん……。

麟太郎は、客のいない仏具屋『念仏堂』を眺めた。

仏具屋『念仏堂』から年増のお内儀が、番頭たち奉公人と一緒に出て来た。

お内儀のおきぬか……。

麟太郎は、年恰好《としかっこう》から出て来た年増のお内儀を女主のおきぬだと睨んだ。

おきぬは、番頭たち奉公人に見送られ、一人の女中を従えて出掛けて行った。

何処に行く……。

麟太郎は、おきぬと女中を追った。

不忍池は煌《きら》めいた。
おきぬは、女中を従えて不忍池の畔を池之端《いけのはた》に進んだ。
麟太郎は尾行《つけ》た。
おきぬと女中は、畔にある料理屋『香月《こうづき》』の木戸門を潜《くぐ》った。
料理屋で誰かと逢うつもりなのか……。
麟太郎は読んだ。
さあて、どうする……。
麟太郎は、おきぬが逢う相手が誰か突き止める手立てを思案した。
料理屋『香月』の老下足番が現れ、玄関先の掃除を始めた。
よし……。
麟太郎は、木戸門を潜って老下足番に近付いた。
「やあ。父《と》っつあん……」
麟太郎は、老下足番に親し気に声を掛けて素早く小銭を握らせた。
「ちょいと訊きたい事があってね」
麟太郎は笑い掛けた。

「何だい……」

老下足番は、小銭を握り締めた。

「仏具屋念仏堂のお内儀のおきぬさん、誰と逢っているのかな……」

麟太郎は尋ねた。

「ああ。仏具屋地獄のお内儀さんかい……」

老下足番は、絵草紙『陰謀、仏具屋地獄相続』を読んでいた。

「ああ。誰と逢っているのかな……」

麟太郎は苦笑した。

「浅草の玉宝堂《ぎょくほうどう》の旦那の仁左衛門《にざえもん》さんだよ」

「玉宝堂の旦那の仁左衛門……」

麟太郎は、戸惑いを浮かべた。

「ああ。念仏堂と同業。浅草の仏具屋の玉宝堂の旦那だよ」

老下足番は笑った。

「浅草の仏具屋の旦那……」

「ああ……」

「何の用かな……」

麟太郎は眉をひそめた。

「さあて、そこ迄《まで》は知らねえな……」

老下足番は、呆《あき》れたように麟太郎を一瞥《いちべつ》して掃除を始めた。

「そうか。そうだな……」

麟太郎は頷いた。

元黒門町の仏具屋『念仏堂』の女主のおきぬは、浅草の仏具屋『玉宝堂』の旦那の仁左衛門と何の用で料理屋で逢っているのか……。

麟太郎は気になった。


半刻が過ぎた。

おきぬと女中は、料理屋『香月』の女将や仲居、老下足番に見送られて来た道を帰って行った。

おそらく、元黒門町の仏具屋『念仏堂』に帰るのだろう。

よし……。

麟太郎は、おきぬが逢っていた浅草の仏具屋『玉宝堂』の旦那の仁左衛門が出て来るのを待った。

四半刻《しはんとき》（約三十分）が過ぎた。

初老の旦那とお供の手代《てだい》が、女将や仲居、老下足番に見送られて料理屋『香月』から出て来た。

麟太郎は、不忍池の畔の木陰から何気ない面持ちで見守った。

老下足番は、麟太郎に気が付いて歯のない口元を綻《ほころ》ばせて頷いて見せた。

初老の旦那は、浅草の仏具屋『玉宝堂』の主の仁左衛門だ……。

麟太郎は見定め、不忍池の畔を下谷広小路に向かう仁左衛門とお供の手代を追った。


下谷広小路は賑わい、上野元黒門町の仏具屋『念仏堂』は西日を背に受けて店内は暗かった。

亀吉は、仏具屋『念仏堂』の周囲に麟太郎の姿を捜した。だが、麟太郎は何処にもいなかった。

女主のおきぬか妹のおしんが出掛け、追って行ったのかもしれない……。

亀吉は読んだ。

年増のお内儀とお供の女中が、不忍池の方からやって来て仏具屋『念仏堂』の暗い店に入って行った。

「お帰りなさいませ……」

奉公人たちの声が聞えた。

年増のお内儀は、仏具屋『念仏堂』の女主のおきぬ……。

亀吉は気が付いた。

じゃあ、麟太郎さんが……。

亀吉は、辺りを見廻した。

辺りに尾行ている筈の麟太郎の姿は見えなかった。

どうかしたのかな……。

亀吉は首を捻った。

僅かな刻《とき》が過ぎた。

若い女が奉公人に見送られ、仏具屋『念仏堂』から出て来た。

年恰好から見て女主おきぬの妹のおしん……。

亀吉は読んだ。

おしんは、奉公人に見送られて小さな風呂敷包みを抱え下谷広小路を横切り、御徒《おかち》町《まち》に向かった。

よし……。

亀吉は追った。

おしんは、下谷広小路を横切って忍川沿《しのぶがわ》いに御徒町に進んだ。そして、忍川に架《か》かっている小橋を渡り、中御徒町の組屋敷街の通りに出た。

亀吉は尾行た。

おしんは、軽い足取りで中御徒町の通りを下谷練塀小路《ねりべいこうじ》に進んだ。


夕暮れ時の下谷練塀小路には、物売りの声が響いていた。

おしんは、連なる組屋敷街を進んだ。そして、一軒の組屋敷の木戸門の前に立ち止まり、辺りを見廻した。

亀吉は、物陰から見守った。

おしんは、辺りに人がいないと見定め、組屋敷の木戸門を潜った。

亀吉は見届けた。

誰の屋敷なのか……。

ひょっとしたら、組屋敷の主は地廻りの卯之吉を斬り棄てた塗笠を被った侍、市川紀一郎かもしれない。

亀吉は、注文された酒を届け歩いている酒屋の手代と小僧に駆け寄り、聞き込みを掛けた。

「あの組屋敷、市川紀一郎さまの組屋敷かな」

亀吉は、おしんの入った組屋敷を示した。

「いいえ。あそこは速水《はやみ》又四郎《またしろう》さまの組屋敷ですよ」

酒屋の手代は、戸惑いを浮かべた。

「速水又四郎さまの組屋敷……」

亀吉は眉をひそめた。

「ええ……」

「そうか。で、速水さまの家族は……」

「三年前に御母上さまが亡くなり、老下男の酉造《とりぞう》さんと二人暮らしですよ」

「老下男と二人暮らし……」

「ええ。じゃあ、ちょいと急ぎますんで……」

手代は、小僧と酒樽や一升徳利《どっくり》を積んだ大八車を引いて立ち去った。

「手間を取らせて済まなかったね」

亀吉は、詫びて見送った。

おしんの入った組屋敷の主は、速水又四郎と云う御家人であり、老下男の酉造と二人暮らしだった。

速水又四郎は、どのような御家人なのか……。

そして、速水又四郎とどのような拘りがあるのだ……。

おしんは、速水又四郎は市川紀一郎と拘りがあるのか……。

亀吉は、下谷練塀小路に連なる速水又四郎の組屋敷を窺った。

速水屋敷は、夕暮れに覆われ始めていた。

隅田川《すみだがわ》に船の明かりが映え、吾妻橋《あづまばし》には家路を急ぐ者が行き交った。

仏具屋『玉宝堂』主の仁左衛門は、手代を従えて浅草広小路を抜けて花川戸町《はなかわどちょう》に入った。

麟太郎は尾行た。

花川戸町に仏具屋『玉宝堂』があった。

仁左衛門と手代は、店仕舞いを始めている仏具屋『玉宝堂』に入った。

麟太郎は、仏具屋『玉宝堂』に駆け寄って店内の様子を窺った。

「如何《いかが》でした、旦那さま……」

帳場では、番頭が仁左衛門を迎えていた。

「流石《さすが》に絵草紙の手本にされるお内儀。一筋縄ではいかぬ強《したた》かな女ですよ」

仁左衛門は苦笑し、番頭と共に奥に入って行った。

麟太郎は、辛《かろ》うじて聞き取った。

「流石に絵草紙の手本にされるお内儀。一筋縄ではいかぬ強かな女ですよ」

仁左衛門の苦笑混じりの言葉は、何を意味するのか……。

麟太郎は眉をひそめた。

「あの。何か御入用ですか……」

店仕舞いをしていた小僧が、怪訝《けげん》な面持ちで声を掛けて来た。

「あっ。いや、別に……」

麟太郎は、そそくさと仏具屋『玉宝堂』の前から離れた。

日が暮れた通りには、提灯《ちょうちん》の明かりが行き交い始めた。

下谷練塀小路に連なる組屋敷には、明かりが灯された。

亀吉は、速水又四郎の組屋敷を見張り続けていた。

おしんは、未だ速水屋敷に入ったままだった。
何をしているのか……。
亀吉は、微《かす》かな苛立ちを覚えた。
速水屋敷の木戸門が開いた。
亀吉は、素早く物陰に隠れて見守った。
おしんが、開いた木戸門から着流しの若い武士に見送られて出て来た。
若い武士は、御家人の速水又四郎……。
亀吉は睨んだ。
おしんは、速水から火の灯された提灯を渡され、忍川に戻り始めた。
真っ直ぐ仏具屋『念仏堂』に帰るのか……。
速水は、おしんを見送って組屋敷に戻った。
亀吉は、暗がり伝いに提灯を手にして行くおしんを追った。

居酒屋は賑わっていた。
麟太郎と亀吉は、居酒屋で落ち合い晩飯をかねて酒を飲んだ。
「で、女主のおきぬ、料理屋の香月で浅草の仏具屋玉宝堂の旦那の仁左衛門と逢ったのですか……」

亀吉は、戸惑いを浮かべた。

「ええ。何の話をしていたのかは分かりませんが、旦那の仁左衛門、流石は絵草紙の手本になったお内儀だけに、一筋縄じゃあいかない強かな女だと、云っていましたよ」

麟太郎は、手酌《てじゃく》で酒を飲んだ。

「そうですか。浅草の玉宝堂の旦那ですか……」

亀吉は眉をひそめた。

「ええ。処で亀さんの方は何か……」

麟太郎は尋ねた。

「妹のおしん、下谷練塀小路の御家人の組屋敷に行きましてね」

「亀さん、その御家人、ひょっとしたら……」

麟太郎は身を乗り出した。

「あっしもそう思ったんですが、残念ながら市川紀一郎じゃあなく、速水又四郎って御家人でしたよ」

亀吉は苦笑した。

「速水又四郎ですか……」

麟太郎は眉をひそめた。

「ええ。おしんとの拘りは未だはっきりしませんが、ありゃあ男と女、出来ているかもしれませんぜ」

亀吉は睨んだ。

「へえ。そうなんですか……」

「ま、あっしの勘ですがね」

亀吉は笑い、手酌で酒を飲んだ。

酔客の楽し気な笑い声があがった。


戯作者柳亭紅伝はどうなったのか……。

麟太郎は、亀吉と別れて地本問屋『蔦屋』の女主お蔦の許《もと》を訪れた。

「それで柳亭紅伝先生、漸《よう》く意識がはっきりしたのか……」

麟太郎は、お蔦が出してくれた茶を美味そうに啜った。

「ええ。一安心ですよ……」

お蔦は、『陰謀、仏具屋地獄相続』の版元として責任を感じていた。

「して紅伝先生、自分を襲ったのは誰だと云っているのだ」

「紅伝先生の話じゃあ、二軒目に行った頃から地廻りの卯之吉と一緒になり、三軒目に向かっていたら、塗笠を被った侍が現れ、殴る蹴るの袋叩きにされ、それからは……」

お蔦は、言葉を途切らせた。

「気を失って何も覚えていないか……」

麟太郎は読んだ。

「ええ……」

お蔦は、喉を鳴らして頷いた。

「そうか。して紅伝先生、襲われた事をどう云っているんだ」

「凄く恐ろしかったようでね。今迄に書いた絵草紙はもう売ってくれるな。それで、もう絵草紙は二度と書かないって……」

お蔦は伝えた。

「もう絵草紙を書かない……」

麟太郎は眉をひそめた。

「ええ。尤《もっと》も利き腕の筋を痛めつけられて筆も満足に持てなくなったんですけどね」

お蔦は、吐息混じりに告げた。

「そうか……」

それが、柳亭紅伝の戯作者としてのけじめの付け方なのだ。

麟太郎は知った。

四

閻魔長屋は静寂に覆われていた。

眼を覚ました麟太郎は、煎餅蒲団の中で外の気配を窺《うかが》った。

おかみさんたちの洗濯とお喋りの時は、既《すで》に終わっているようだ。

麟太郎は、見定めて煎餅蒲団を蹴り上げて起き上がった。そして、井戸端に走って顔を洗い、手早く着替えて閻魔長屋を出た。

閻魔堂には珍しく大福が供えられていた。

誰かが閻魔王に願掛けをして叶《かな》った礼の品なのかもしれない。

麟太郎は苦笑し、閻魔堂に手を合わせた。

「麟太郎さん……」

亀吉がやって来た。

「ああ、亀さん……」

「市川紀一郎の素性が分かりましたよ」

亀吉は告げた。

「分かった……」

「ええ。市川紀一郎、御徒町の組屋敷に住んでいる御家人の倅《せがれ》でしたよ」

「御家人の倅……」

「ええ。梶原の旦那とうちの親分が行きました。追い掛けましょう」

「心得た……」

麟太郎と亀吉は、下谷御徒町に急いだ。


御徒町の組屋敷街には、物売りの声が長閑《のどか》に響いていた。

亀吉と麟太郎は、行き交う者の少ない組屋敷街を市川紀一郎の組屋敷に急いだ。

一軒の組屋敷の外に、巻羽織《まきばおり》の梶原八兵衛と連雀町の辰五郎が着流しの若い武士と一緒にいた。

「旦那、親分……」

亀吉と麟太郎は駆け寄った。

「おう。来たか……」

梶原と辰五郎は迎えた。

「遅くなりました……」

「うん。麟太郎さん、亀吉、こちらが市川紀一郎どのだ」

梶原は、麟太郎と亀吉に若い武士の市川紀一郎を引き合わせた。

「青山麟太郎です」

麟太郎は市川紀一郎に探る眼を向けた。

「亀吉です」

麟太郎と亀吉は、市川紀一郎に挨拶をした。

「うん……」

市川紀一郎は、二重顎《あご》で不愛想に頷いた。

違う……。

麟太郎の勘が囁いた。

市川紀一郎は、肥り気味の男であり、不忍池の畔で地廻りの卯之吉を殺し、麟太郎に追われて斬り掛かった塗笠の侍とは身体つきがまったく違っていた。

「して、市川どの、此の二人に見覚えはないかな……」

梶原は訊いた。

「知らぬ。見覚えなどありません」

市川は、緊張した面持ちで否定した。

「そうですか……」

梶原は、小さな笑みを浮かべた。

おそらく梶原は、肥り気味で緩んだ身体《からだ》の市川紀一郎に人を斬り殺す程の剣の腕はないと見たのだ。

「梶原どの、そろそろ良いですか、親父が煩いので……」

市川は、背後の組屋敷に怯《おび》えた眼を向けた。

「うむ。ならば市川どの、地廻りの卯之吉も戯作者の柳亭紅伝も本当に知らないのだな」

梶原は念を押した。

「何度も云っているように知りませんよ……」

市川は、苛立ちを滲ませた。

卯之吉を斬ったのは、市川紀一郎と同姓同名の別人なのだ。

「そうか、じゃあ……」

梶原は頷いた。

「あっ。市川どの……」

麟太郎は呼び止めた。

「何ですか……」

市川は、二重顎を震わせた。

「練塀小路の速水又四郎って御家人を御存知ですか……」

麟太郎は尋ねた。

「練塀小路の速水又四郎……」

市川は、怯えと怒りを滲ませた。

知っている……。

麟太郎の勘が囁いた。

「ええ。どのような拘りですか……」

「どのようなって、昔、学問所で一緒だった奴ですよ」

「学問所で一緒。どんな人ですか……」

「剣術自慢の乱暴者で、いつも侮りと蔑《さげす》むような眼を向ける嫌な奴ですよ」

市川は吐き棄てた。

「嫌な奴……」

おそらく、市川紀一郎は子供の頃、速水又四郎に侮られ、苛《いじ》められた事があるのだ。

麟太郎は眉をひそめた。

「ああ。だから、今も昔も拘りなんてありませんよ。じゃあ……」

市川は、梶原に一礼して組屋敷に戻って行った。

「麟太郎さん……」

亀吉は、戸惑いを浮かべた。

「亀さん、地廻りの卯之吉を斬り棄てた市川紀一郎は、速水又四郎の偽名かもしれません」

「速水又四郎の偽名……」

「ええ。速水又四郎、卯之吉には市川紀一郎と名乗っていた……」

麟太郎は読んだ。

「あ、そうか……」

亀吉は頷いた。

「よし、麟太郎さん、亀吉。その速水又四郎って奴の事を詳《くわ》しく聞かせて貰おうか……」

梶原は苦笑した。

もし、麟太郎の読みの通り、速水又四郎が卯之吉を斬った市川紀一郎なら、その背後には戯作者柳亭紅伝襲撃と『蔦屋』の付け火があり、仏具屋『念仏堂』の一件が潜んでいるのかもしれない。

「とにかく、その速水又四郎の面を拝みに行くよ……」

梶原は、辰五郎と亀吉、麟太郎と共に下谷練塀小路の速水又四郎の組屋敷に向かった。


速水又四郎は出掛けていた。

「して、何処に行ったのかな……」

梶原は、老下男の西造に尋ねた。

「さあ。存じません……」

西造は、申し訳なさそうに告げた。

「そうか……」

梶原は、辰五郎、亀吉、麟太郎に他に訊く事はないかと振り返った。

「あの、酉造さん。昨日、仏具屋念仏堂のおしんさん、何しに来たんですかい……」

亀吉は訊いた。

「念仏堂のおしんさんですか……」

「うん……」

「おしんさんは、晩飯の惣菜《そうざい》を持って来てくれて、それから……」

酉造は、言葉に詰まった。

「酉造さん、速水さんとおしんさん、好い仲だったのかな」

麟太郎は笑い掛けた。

「え。ええ、まあ……」

酉造は、安心したように頷いた。

速水又四郎とおしんは、亀吉の睨み通り情を交わした仲なのだ。

速水は、おしんと姉である仏具屋『念仏堂』の女主おきぬの為に動いているのだ。

だとしたら、戯作者柳亭紅伝襲撃や卯之吉殺しは、おきぬとおしんの指図なのかもしれない。

「さあて、どうする……」

「私は念仏堂に行ってみます」

麟太郎は告げた。

「じゃあ亀、お前も一緒に行きな。俺は速水が帰るのを待って、速水屋敷を見張る……」

辰五郎は告げた。

「ならば、俺は奉行所に戻り、仏具屋念仏堂の宗兵衛宗助兄弟の死を洗い直してみるよ」

「はい……」

辰五郎は頷いた。

「じゃあ、旦那、親分……」

麟太郎と亀吉は、下谷広小路に向かった。

下谷広小路は賑わっていた。

麟太郎と亀吉は、人混みを横切って上野元黒門町の仏具屋『念仏堂』に向かった。

仏具屋『念仏堂』は、暗く閑散としていた。

「どうします……」

「ちょいと様子を見てみますか……」

麟太郎と亀吉は、物陰から仏具屋『念仏堂』を見張った。

四半刻が過ぎた。

客は勿論、おきぬとおしんの姉妹と速水又四郎が出入りする事はなかった。

「おきぬに逢ってみますか……」

亀吉は、仏具屋『念仏堂』を見詰めた。

「ええ……」

麟太郎は頷いた。

その時、大店《おおだな》の旦那風の初老の男が手代らしきお店者を従えて仏具屋『念仏堂』に入って行った。

見覚えのある顔だ。

あっ……。

麟太郎は思い出した。

初老の旦那風の男は、浅草花川戸町の仏具屋『玉宝堂』の主の仁左衛門だった。

「珍しく客ですか……」

亀吉は苦笑した。

「いや、違うかもしれませんよ」

麟太郎は読んだ。

「違う……」

亀吉は眉をひそめた。

「ええ。あの旦那、浅草花川戸町の仏具屋玉宝堂の仁左衛門です」

「玉宝堂の仁左衛門……」

「ええ……」

麟太郎は頷いた。

「流石は絵草紙の手本にされるお内儀、一筋縄でいかない強かな女ですよ……」

麟太郎は、仁左衛門の言葉を思い出し、仏具屋『念仏堂』に向かった。

「麟太郎さん……」

亀吉は、慌てて続いた。

仏壇や仏具の並ぶ店内の帳場では、仁左衛門が『念仏堂』の番頭に一枚の証文を見せていた。

手代や小僧たち奉公人は、緊張した面持ちで仁左衛門と番頭を見詰めていた。

どうした……。

麟太郎と亀吉は戸口に立ち、戸惑いを浮かべて見守った。

番頭は、強張《こわば》った面持ちで証文を読み終えて手代や小僧たち奉公人を見た。

「皆、仏具屋念仏堂は、今日から此方の仏具屋玉宝堂の仁左衛門旦那さまの店になりました……」

番頭は、辛《つら》そうな面持ちで告げた。

手代や小僧たち奉公人は、驚き狼狽《うろた》えて騒《ざわ》めいた。

「皆、此れが念仏堂の女主のおきぬさんの沽券状《こけんじょう》です……」

仁左衛門は、売渡しの証文である沽券状を奉公人たちに見せた。

奉公人たちの狼狽《ろうばい》は続いた。

「安心しなさい。私は此の念仏堂を居抜きで買いました。その中には店や商品は勿論、お前さんたち奉公人も含まれています。此れからも今迄通りに働いて貰いますよ」

仁左衛門は笑った。

手代や小僧たち奉公人に、安堵《あんど》の気配が浮かんだ。

「では番頭さん、奥に案内して貰えますか……」

仁左衛門は促した。

「は、はい。ですが、お内儀さまたちがお留守なのでして……」

番頭は焦った。

「おきぬさんとおしんさんは、必要な物は既にみんな持ち出しているとか。もう一度と帰っては来ませんよ」

仁左衛門は苦笑した。

「えっ……」

番頭は驚き、言葉を失った。

「ちょっと待って下さい。訊きたい事があります」

麟太郎は進み出た。

亀吉は続いた。

「何ですか、お前さんたちは……」

仁左衛門は、麟太郎と亀吉に怪訝な眼を向けた。

「お上《かみ》の御用を承《うけたまわ》っている連雀町の辰五郎の身内の者です……」

亀吉は、懐の十手を見せた。

「此れは此れは。番頭さん、お客さま用の座敷を使いますよ」

「は、はい……」

「それから、お茶をね。さあ、どうぞ……」

仁左衛門は、主らしい態度で亀吉と麟太郎を帳場の傍の客用の座敷に招いた。

麟太郎と亀吉は、仁左衛門と向かい合った。

「して、聞きたい事とは何ですか……」

仁左衛門は、小さな笑みを浮かべた。

「念仏堂のおきぬとおしんに逢ったのはいつですか……」

「今朝、約束通り巳《み》の刻《こく》四つ（午前十時）、お侍をお供に、お揃《そろ》いで手前共の店にお見えになりましたよ」

「侍のお供、速水又四郎ですかね……」

「きっと。して旦那、おきぬは念仏堂を幾らで売ったのでしょうか……」

麟太郎は尋ねた。

「ま、宗兵衛さんと弟の宗助さんがあんな死に方をした挙句、絵草紙でいろいろ書かれた曰《いわ》く付きの物件。おきぬさんから買わないかと、話を持ち込まれた時はどうしようかと迷いましたが、何《いず》れは下谷に玉宝堂の出店を出すつもりでいましたので……」

仁左衛門は苦笑した。

「じゃあ、おきぬたちから持ち込まれた話なんですか……」

麟太郎は、問い質した。

「ええ。不幸が重なり、絵草紙に面白おかしく書かれて疲れ果て、商売を続ける気も失せたと。お気の毒に……」

仁左衛門は、おきぬたちに同情した。

「して、幾らで……」

「おきぬさんたち、最初は千両と仰《おつしや》いましたが、いろいろ交渉して七百両で……」

「七百両……」

亀吉は驚いた。

「はい。手前は五百両程と思っていたのですが、強かな商売人ですよ、おきぬさんは……」

仁左衛門は苦笑した。

「して、おきぬとおしんは、何処に……」

「さあ、何処に行ったのか迄は……」

仁左衛門は、苦笑しながら首を捻った。

七百両が妥当かどうかは分からないが、おきぬとおしんの姉妹は、仏具屋『念仏堂』を七百両で売って姿を消した。

おきぬとおしんは、仏具屋『念仏堂』に二度と戻らないだろうが、速水又四郎は組屋敷に戻る筈だ。

麟太郎と亀吉は、仁左衛門に礼を述べて下谷練塀小路に急いだ。

下谷練塀小路にある速水屋敷の木戸が開き、老下男の酉造が風呂敷包みを担いで出て来た。そして、辺りに不審な者がいないのを見定め、下谷練塀小路を忍川のある北に向かった。

物陰から辰五郎が現れ、酉造を追った。

酉造は、忍川を渡って山下に抜ける……。

辰五郎は読み、尾行た。

「親分……」

亀吉と麟太郎が、下谷広小路から駆け寄って来た。

「おう。速水は戻らないが、酉造が動いた」

辰五郎は、風呂敷包みを背負って山下に進む酉造を示した。

「速水の処に行くかもしれませんね」

麟太郎は読んだ。

「ええ。で、おきぬとおしんはどうした」

「念仏堂を浅草の玉宝堂仁左衛門に居抜きで売り、姿を消して仕舞いましてね」

麟太郎と亀吉は、酉造を尾行ながら念仏堂での出来事を辰五郎に報せた。

酉造は、山下から奥州街道《おうしゅうかいどう》裏道に進んで坂本町《さかもとちょう》の角を北西に曲がり、根岸《ねぎし》の里に向かった。

根岸の里は東叡山《とうえいざん》の北側に位置し、石神井《しゃくじい》用水の流れる文人墨客《ぼっかく》に好まれている地だ。

酉造は、御行《おぎょう》の松や不動尊のある時雨《しぐれ》の岡を下り、石神井用水に架かる小橋を渡って生垣に囲まれた家に近付いた。

麟太郎、亀吉、辰五郎は、時雨の岡から見守った。

石神井用水沿いの小径《こみち》に人影はなく、水鶏《くいな》の鳴き声が甲高《かんだか》く響いた。

酉造は、生垣に囲まれた家の戸口に進んで板戸を叩いた。

板戸が開き、酉造は中に入った。

若い侍が顔を出して辺りを窺い、板戸を閉めた。

「速水又四郎です……」

亀吉は、緊張した声で見定めた。

「よし。おきぬとおしんの姉妹も一緒かもしれないな」

辰五郎は読んだ。

「きっと……」

麟太郎は頷いた。

「さあて、どうします」

亀吉は、出方を窺った。

「こっちは三人。向こうは男が一人に女が二人、多少手荒な真似《まね》をしてでもお縄にするしかないか……」

「ええ。親分、速水又四郎は俺と亀さんで捕まえます。親分はおきぬとおしんをお縄にして下さい」

麟太郎は告げた。

「大丈夫ですか……」

「刀を抜かせなければ、何とかなります」

麟太郎は笑った。


亀吉は、生垣に囲まれた家の戸口に忍び寄り、板戸を叩いた。

「何方《どなた》ですか……」

西造の声がした。

「隣の家の者です。ちょいと……」

亀吉は告げた。

「はい。只今……」

西造は、猿を外して板戸を開けた。

刹那、亀吉は西造の腕を摑《つか》んで引き出した。

西造は驚き、前のめりに引き出された。

麟太郎は、西造を素早く当て落とし、家の中に猛然と踏み込んだ。

亀吉は続いた。

速水又四郎は、刀を手にしておきぬとおしんを庇《かば》うように立ち上がった。
麟太郎は、速水に猛然と飛び掛かった。
刀を抜かせてはならない……。
麟太郎は、速水に素早く投げを打った。
速水は、必死に投げに堪《た》え、よろめきながら激しく壁にぶつかった。
家が揺れ、壁が崩れ、天井から埃《ほこり》が舞った。
亀吉が、十手で速水に殴り掛かった。
速水は、咄嗟に躱そうとした。
亀吉の十手は、速水の右肩を打ち据《す》えた。
鈍い音が鳴った。
速水は顔を歪めた。
麟太郎は、速水を摑まえて容赦《ようしゃ》なく足を払った。
速水は宙に浮き、背中から落ちた。
麟太郎は、倒れた速水を押さえ込んで刀を奪い取った。
「速水又四郎、手前、戯作者柳亭紅伝を襲い、地廻りの卯之吉を殺したな」
亀吉が捕り縄を打った。

おしんは、障子を開けて庭に逃げ出そうとした。

庭から辰五郎が現れた。

おしんは、火鉢の火箸《ひばし》を逆手に構えた。

「お止《や》め……」

おきぬは、座ったまま一喝した。

おしんは、火箸を落として泣き崩れた。

おきぬは、泣き崩れたおしんを冷ややかに見詰めた。

「おきぬ、速水又四郎に柳亭紅伝を襲わせ、地廻りの卯之吉を殺させたのかな」

麟太郎は尋ねた。

「さあ、私は何も存じませんが、それならそれでも結構ですよ……」

おきぬは微笑《ほほえ》んだ。

哀しく妖《あや》しい微笑みだった。

御家人速水又四郎は、戯作者柳亭紅伝を襲い、地廻りの卯之吉を斬り殺したのを認めた。だが、それがおきぬとおしんに頼まれての事だとは認めなかった。

おきぬとおしんは、沈黙を守り続けた。

梶原八兵衛は、仏具屋『念仏堂』の宗兵衛と宗助兄弟が殺し合った頃のおきぬとおしんの動きを詳しく調べた。そして、柳亭紅伝の絵草紙『陰謀、仏具屋地獄相続』に書かれた通り、おきぬが義弟の宗助と、おしんが義兄の宗兵衛と、それぞれ情を通じて不義を働いていたのが事実だと突き止めた。

「えっ、本当だったのですか……」

麟太郎は驚いた。

「ああ。そして、おきぬとおしんは宗兵衛宗助の兄弟を操り、殺し合いをさせた……」

「じゃあ、紅伝先生が絵草紙に書いた通り……」

麟太郎は身を乗り出した。

「か、どうか迄は突き止められなかった」

梶原は苦笑した。

「えっ……」

「突き止められたのは、不義を働いていたって処迄だ……」

梶原は、腹立たしさを滲ませた。

おきぬとおしんが不義を働いたのは分ったが、宗兵衛と宗助に殺し合いをさせたかどうかは確かな証拠がなかったのだ。

「そうですか……」

鱗太郎は肩を落とした。


根岸肥前守《ねぎしひぜんのかみ》は、仏具屋『念仏堂』の売買を認めず闕所《けつしょ》にした。そして、おきぬとおしんから七百両を没収し、仏具屋『玉宝堂』仁左衛門の前に積んだ。

肥前守は、仁左衛門に対し、下谷に仏具屋『玉宝堂』の出店を出し、仕事を失った仏具屋『念仏堂』の番頭たち奉公人を雇うのを条件に返すと告げた。

仁左衛門は、肥前守の示した条件を飲んだ。


おきぬとおしんの姉妹は、江戸十里四方追放となった。

柳亭紅伝は快癒《かいゆ》した。

「紅伝先生、そんなに凄い想像力なのに筆を折るなんて、勿体《もったい》ないわよ」

お蔦は残念がった。

「それにしても、おきぬとおしんが江戸十里四方の追放なんて軽過ぎよ……」

お蔦は、不満を露《あら》わにした。

「仕方がないさ。確かな証拠はないんだから……」

麟太郎は、おきぬの妖しい微笑みを思い浮かべた。

強かな女だ……。

第三話　軍扇《ぐんせん》始末

一

浜町堀《はまちようぼり》の流れは緩やかだった。

元浜町《もとはまちよう》の裏通りにある古い閻魔堂《えんまどう》は、近所の者たちが参拝するぐらいで閑散としていた。

朝、閻魔堂には傍《そば》の閻魔長屋に住む亭主たちが手を合わせ、一日の無事を祈って仕事に出掛けて行った。

刻《とき》は過ぎた。

閻魔堂の前では、行商の羅宇屋《らうや》が店を開いて仕事を始めた。

羅宇屋とは、煙管《きせる》の竹を取り換え、吸い口と雁首《がんくび》の脂《あぶら》を取る掃除をするのが仕事だ。

羅宇屋には馴染《なじみ》の隠居や荒物屋の親父《おやじ》が訪れ、煙管の竹を取り換え、雁首と吸い口の掃除が終わるのを、世間話に花を咲かせて待っていた。

その時、閻魔堂の縁の下から野良犬が出て来て羅宇屋の前を通り過ぎた。

羅宇屋と隠居たちは、通り過ぎた野良犬を見て驚いた。

野良犬は、金色に輝く小判を銜《くわ》えていた。

「小判だ……」

「ああ、小判だ……」

羅宇屋と隠居たちは、呆然《ぼうぜん》とした面持ちで喉を鳴らした。

次の瞬間、隠居が年寄りとは思えぬ勢いで野良犬を捕まえに走った。

野良犬は、小判を銜えて素早く逃げ廻《まわ》った。

隠居は、転びながら追い廻した。

行き交う人々が戸惑い、野良犬の銜えている小判を見て驚いた。

野良犬は、小判を銜えたまま狭い路地奥に駆け込み、逃げ去った。

隠居は、息を苦しく弾ませて倒れ込んだ。

「小判がある……」

羅宇屋と荒物屋の親父は、野良犬の出て来た閻魔堂の縁の下に走った。そして、低い縁の下を覗《のぞ》き込んだ。

縁の下には、小判もなければ、野良犬が穴を掘った跡もなかった。

隠居が息を鳴らして這《は》い戻り、人々が怪訝《けげん》な面持ちで集まって来た。

煩《うるさ》い……。

麟太郎《りんたろう》は、煎餅蒲団《せんべいぶとん》の中で眠い眼を擦《こす》った。

薄い壁の外から人々の話し声が聞こえた。

何かあったのかな……。

麟太郎は、起き上がって大欠伸《おおあくび》をした。

「臭《くさ》い……」

麟太郎は、己《おのれ》の息の酒臭さに顔を顰《しか》めた。

閻魔堂の前には、隠居、荒物屋の親父、羅宇屋の他に自身番の家主が集まり、閻魔長屋のおかみさんや子供、近所の者、通り掛かった人々が取り囲んでいた。

「どうした。閻魔堂に何かあったのか……」

麟太郎は、洗った顔を手拭《てぬぐ》いで拭《ふ》きながら閻魔長屋の顔見知りのおかみさんに尋《たず》ねた。

「あら、麟太郎さん、閻魔堂の縁の下から野良犬が小判を銜えて出て来たんですって……」

おかみさんは、眉《まゆ》をひそめて囁《ささや》いた。

「小判を銜えた野良犬……」

麟太郎は、戸惑いを浮かべた。

「ええ。それで、自身番の家主さんたちが閻魔堂に小判があるかもしれないって探しているんだよ」

おかみさんは教えてくれた。

自身番の番人と木戸番が、閻魔堂の中から出て来た。

「どうです……」

自身番の家主は尋ねた。

「閻魔堂の中には、閻魔さまがいるだけで小判なんかありませんよ」

番人は告げた。

「床の隅々迄《すみずみまで》調べましたが、穴や隙間《すきま》はないし、縁の下にも掘り返した跡はありませんでしたよ」

木戸番は、着物の埃《ほこり》を払った。

「そうですか……」

自身番の家主は頷《うなず》いた。

「じゃあ、やっぱり野良犬、小判を銜えて閻魔堂の周囲の何処《どこ》かから縁の下を通って来ただけなのかな……」

隠居は、荒物屋の親父と顔を見合わせて首を捻《ひね》った。

「ええ。そうなりますねえ……」

家主は苦笑した。

「何だ。小判はないのか……」

「そりゃあ、そうだよな。こんな古い閻魔堂に小判がある筈《はず》なんかないさ……」

集まっていた人々は、落胆を口にして一斉《いっせい》に立ち去り始めた。

「さあさあ、終わりだよ。終わり……」

おかみさんたちは、子供を連れて閻魔長屋に戻って行った。

「じゃあ、私たちも、帰りますよ」

家主は、番人を促して自身番に戻って行った。

「御苦労さまでした」

木戸番は見送った。

「じゃあ、あっしも此《こ》れで……」

羅宇屋は、掃除道具や煙管の羅宇や吸い口、雁首などを入れた抽斗《ひきだし》を担《かつ》いで帰って行った。

閻魔堂の前には、隠居、荒物屋の親父、木戸番が残った。

「やあ。野良犬が小判を銜えて閻魔堂の縁の下から出て来たんだって……」

麟太郎は近付いた。

「ええ。麟太郎の旦那《だんな》に何か心当たりはありますか……」

顔見知りの木戸番は笑い掛けた。

「さあて、心当たりがあれば、野良犬より先に小判を見付けているさ」

麟太郎は苦笑した。

「そりゃあ、そうだ……」

隠居は、大きく頷いた。

「で、閻魔堂の中にも縁の下にも小判や拘《かかわ》りのありそうな物や跡はなかった……」

「ええ……」

木戸番は頷いた。

「じゃあ、やっぱり野良犬が閻魔堂の周りで見付けて、縁の下を通ったって事か……」

麟太郎は、古い閻魔堂を見廻した。

「或《あ》いは、野良犬の銜えていた黄色い物を小判と見間違えたか……」

麟太郎は読んだ。

「それはない。あれは小判だった。なあ……」

隠居は、荒物屋の親父を見た。

「ええ。間違いなく小判でしたぜ」

荒物屋の親父は頷いた。

「そうか。二人が見たのなら、小判に間違いないか……」

「ええ……」

「となると、その野良犬が現れたら、追ってみるしかないな」

麟太郎は苦笑した。

隠居、荒物屋の親父、木戸番は、疲れた顔で帰って行った。

野良犬が小判を銜えて閻魔堂の縁の下から出て来たか……。

麟太郎は、古い閻魔堂を眺《なが》めた。

下《した》っ引《ぴき》の亀吉《かめきち》がやって来た。

「麟太郎さん……」

「やあ、亀さん……」

「閻魔堂から小判を銜えた野良犬が出て来たんですって……」

亀吉は笑った。

「閻魔堂の縁の下からですよ」

「縁の下から……」

「ええ……」

「じゃあ、閻魔堂は拘りないんですか……」

「さあ、その辺は未《ま》だ何とも……」

「そうですか。じゃあ、中を見てみます」

「じゃあ、俺も……」

亀吉と麟太郎は、古い閻魔堂の中に入った。

閻魔堂の中は薄暗く、閻魔王は赤い口を開けて眼を怒らせていた。

亀吉と麟太郎は、閻魔王に手を合わせて狭い堂内を見廻した。

狭い堂内の奥には閻魔王の座像と供物台があり、他に仏具や幟旗《のぼりばた》などが一纏《ひとまと》めにされて隅に置かれていた。そして、床には穴や隙間はなかった。

「変わった様子はありませんね」

「ええ……」

麟太郎と亀吉は見定めた。

「やはり、閻魔堂の周りの何処かから銜えて来たんですかね」

「周りの何処かからですか……」

亀吉は眉をひそめた。

「ええ。此の閻魔堂の表、西側は裏通り、南側は閻魔長屋の木戸と瀬戸物屋、裏の東側は閻魔長屋の俺の家、北側に古道具屋と妾稼《めかけ》業の住む黒板塀《くろいたべい》を廻した仕舞屋《しもたや》などがあります」

麟太郎は告げた。

「野良犬が閻魔堂の縁の下から出て来たとなると東側か北側。東側は閻魔長屋の麟太郎さんの家で小判に拘りはないとなれば、北側の古道具屋か妾の家ですか……」

亀吉は読んだ。

「ええ。そうですね……」

麟太郎は、亀吉の読みに頷きながら気が付いた。

「亀さん、ちょっと待って下さいよ。麟太郎さんの家は小判に拘りないってのは……」

麟太郎は腐った。

「ああ。時々、拘りありますが、野良犬に銜えられる程はないでしょう」

亀吉は笑った。

「そりゃあ、私だったら野良犬に小判を銜え盗《と》られる間抜けな真似《まね》はしませんよ」

「その通り。でしたら残るは北側の古道具屋か妾稼業の女の家……」

「成《な》る程《ほど》……」

麟太郎は頷いた。

麟太郎と亀吉は、古い閻魔堂を西側の表から眺めた。

南側に閻魔長屋の木戸と瀬戸物屋、東側の裏には閻魔長屋の麟太郎の家、北側には古道具屋と黒板塀に囲まれた妾稼業の女の家があった。

「やはり、古道具屋か妾稼業の女の家あたりですかね」

麟太郎は告げた。

「ええ。古道具屋、どんな旦那でどんな店なんですか……」

「古道具屋の屋号は河童堂《かっぱどう》、旦那は五郎蔵《ごろぞう》さんでおさだっておかみさんと二人暮らし……」

「河童堂、余り儲《もう》かっていなさそうですね」

亀吉は、店先に大きな河童の木像を飾っている古道具屋『河童堂』を眺めた。

「ええ。仰《おつしや》る通りですよ」

麟太郎は苦笑した。

「で、妾稼業は……」

「おしまさんって云《い》いましてね。今の旦那は京橋《きょうばし》の扇屋《おうぎや》の主《あるじ》だと、聞いています」

麟太郎は告げた。

「京橋の扇屋の主……」

「ええ。河童堂と扇屋の旦那の妾。ま、どっちかが小判に縁があるとしたら、扇屋の旦那の妾の方ですかね」

麟太郎は読んだ。

「ええ。って事なら、おしまって妾から一両小判が無くなったと届けが出るかもしれませんね」

「ええ……」

麟太郎は頷いた。

「分かりました。小判を銜えた野良犬の一件。親分と梶原《かじわら》の旦那には、そう報せて置きますので、麟太郎さんは、ちょいと気にして貰《もら》えませんか……」

亀吉は笑った。

「亀さん……」

麟太郎は、戸惑いを浮かべた。

「ちょいと気になりましてね……」

亀吉は、小判を銜えた野良犬の一件に事件性を感じているのだ。

「分かりました。お安い御用ですよ」

麟太郎は、笑みを浮かべて頷いた。


古道具屋『河童堂』は、戸口に河童の木像を置き、薄暗い店内には様々な古道具が、脈絡なく雑多に置かれていた。

店内に客はいなく、奥の薄暗い帳場には主の五郎蔵が狸《たぬき》の置物のように座っていた。

「やあ。五郎蔵さん……」

麟太郎は、古道具屋『河童堂』を訪れた。

「何ですか、麟太郎さん……」

五郎蔵は、戸口を背にした麟太郎を眩《まぶ》しそうに見た。

「野良犬と小判の話、聞きましたか……」

麟太郎は、何気なく探りを入れた。

「ああ。暇な隠居と荒物屋の怠《なま》け者の親父が見たって奴かい……」

「ええ。で、何か気が付いた事はありませんでしたか……」

「野良犬が小判を銜えていたなんて大騒ぎしやがって。大方、暇と怠け根性が見せた夢幻《ゆめまぼろし》だよ」

五郎蔵は、腹立たし気に告げた。

「夢幻……」

「ああ。楽して金が欲しいって奴の夢幻だよ」

「そうですかね……」

麟太郎は苦笑した。

「ああ。麟太郎さん、私は何も気が付いた事なんてありませんよ」

五郎蔵は、布切れを取って蛙《かえる》の置物を磨《みが》き始めた。

「そうですか。邪魔をしたね……」

麟太郎は苦笑し、古道具屋『河童堂』を後にした。


麟太郎は、古道具屋『河童堂』を出て隣の家の前に進んだ。

隣の黒板塀に囲まれた仕舞屋は、京橋の扇屋の旦那の妾のおしまの家だった。

おしまの家の黒板塀の木戸門の前では、婆《ばあ》やのおまつが掃除をしていた。

「あら、麟太郎さん……」

婆やのおまつは、麟太郎に親し気に声を掛けて来た。

「やあ。おまつさん……」

麟太郎は、笑顔で応じた。

「聞いた。小判を銜えた野良犬の話……」

おまつは、世間話好きを丸出しにして来た。

「ああ。聞いたけど、本当の話なのかな……」

麟太郎は、おまつの出方を窺《うかが》った。

「きっと本当だよ」

おまつは眉をひそめた。

「えっ。おまつさんも見たのかな、小判を銜えた野良犬……」

「いいえ。見ちゃいませんが、もしもそうなら面白いじゃあないの……」

おまつは笑った。

「面白いか……」

麟太郎は苦笑した。

「ええ……」

「おまつ……」

木戸門から妾のおしまが現れた。

「はい。あら、おかみさん……」

おまつは、肩を竦《すく》めた。

「いつ迄もお喋《しゃべ》りしてんじゃありませんよ」

「はいはい。麟太郎さん、じゃあ……」

おまつは、麟太郎に笑い掛けて木戸門に入って行った。

おしまは、麟太郎に微笑《ほほえ》み、科《しな》を作って挨拶《あいさつ》をして木戸門を閉めた。

麟太郎は苦笑した。

亥《い》の刻《こく》四つ（午後十時）の鐘が鳴り響いた。

閻魔長屋は寝静まっていた。

麟太郎は、行燈《あんどん》を消し、僅《わず》かに差し込む月明かりで酒を啜《すす》り、閻魔堂の裏に当たる西側と、北側になる古道具屋『河童堂』とおしまの家の気配に注意していた。

刻は何事もなく過ぎていく。

麟太郎は、襲い掛かる眠気を払い除け、外の気配に耳を澄ませていた。

北側の壁の外で微《かす》かな物音がした。

麟太郎は、微かな物音のした古道具屋『河童堂』とおしまの家の方を窺った。

微かな物音は続いた。

足音か……。

麟太郎は、狭い部屋の北側の壁に耳を押し当てた。

足音は、北側から西側の閻魔堂の裏に進んで行く。

よし……。

麟太郎は、音を立てずに戸口に近寄り、僅かに開けて置いた腰高障子《こしだかしょうじ》から外に出た。

麟太郎は、閻魔長屋の麟太郎の家と閻魔堂との狭い間の闇を透かし見た。
狭い間の闇には誰もいなかった。
いない……。
麟太郎は戸惑い、閻魔堂の表に急いだ。
閻魔堂の表に、人も犬や猫もいなかった。
麟太郎は、閻魔堂に忍び寄り、格子戸越しに堂内を覗いた。
堂内には閻魔王が鎮座しているだけで、人も犬や猫もいなかった。
微かな足音は気のせいだったのか……。
麟太郎は眉をひそめた。
微風が吹き抜け、閻魔堂は僅かに音を鳴らした。

二

日差しを浴びた腰高障子に映った男の影は、戸を叩いた。

西側の壁に寄り掛かって居眠りをしていた麟太郎は、驚いたように眼を覚まして辺りを見廻した。

「麟太郎さん、亀吉です……」

腰高障子を叩いている男は、亀吉だった。

「ああ。亀さん、開いています」

麟太郎は告げた。

「お邪魔しますぜ……」

亀吉が腰高障子を開けて入って来た。

「やあ……」

麟太郎は、一升徳利《どっくり》や空茶碗を片付けた。

「どうしました……」

亀吉は眉をひそめた。

「うん。徹夜で閻魔堂の様子を窺っていたんだが、どうやら夜明けに居眠りをしたようだ」

麟太郎は苦笑した。

「それはそれは。じゃあ、朝飯、食いに行きますか……」

亀吉は苦笑し、誘った。

麟太郎は、閻魔堂に手を合わせた。

「へえ。昨夜、足音が聞えたんですか……」

「うん。で、見に来たら誰もいなくてな」

「誰も……」

「ああ。犬や猫も……」

「そうでしたか……」

「うん……」

麟太郎は頷き、閻魔堂の周囲を検《あらた》めた。

閻魔堂の周囲には、不審な足跡や変わった様子はなかった。

「足跡も変わった様子もありませんね」

麟太郎は、吐息を洩《も》らした。

「そうですか。ま、朝飯を……」

亀吉と麟太郎は、浜町堀に架《か》かっている汐見橋《しおみばし》の袂《たもと》の一膳飯屋《いちぜんめしや》に向かった。

亀吉と麟太郎は、鰺《あじ》の干物と味噌汁《みそしる》で朝飯を食べた。

「空耳だったのかな、昨夜の足音は……」

麟太郎は首を捻った。

「さあて、そいつはどうですかね……」

亀吉は、出涸《でが》らしの茶を啜った。

「じゃあ亀さんは、誰かが通ったと……」

「ええ。ま、誰かは分かりませんが、夜中に誰かが閻魔堂の裏をうろついているのは間違いないでしょう」

亀吉は睨《にら》んだ。

「そう思いますか、亀さん……」

「ええ。で、古道具屋の旦那と妾はどんな様子ですか……」

「古道具屋河童堂の主の五郎蔵は、小判を銜えた野良犬の話、信じていないようです」

「信じていない……」

「ええ。何処まで本心かどうかは、分かりませんがね。それから、扇屋の旦那の妾のおしまがどう思っているかは、未だ良く分かりません」

麟太郎は、冷えた出涸らし茶を飲んだ。

「そうですか。ま、一件は始まったばかりです。何事もこれからですよ」

亀吉は笑った。

「それにしても亀さん、野良犬の銜えていた一両小判、何かの事件に拘りがありそうなのですか……」

麟太郎は、亀吉に笑い掛けた。

「え、ええ。実はね、麟太郎さん。七日程前、或《あ》る大身旗本の御屋敷から御先祖さまが東照大権現《とうしょうだいごんげん》さまから拝領した家宝の軍扇《ぐんせん》が無くなりましてね」

亀吉は声を潜《ひそ》めた。

「大権現さま拝領の家宝の軍扇……」

麟太郎は、戸惑いを浮かべた。

〝軍扇〟とは、武将が軍陣で指揮をする為の扇であり、後には鉄骨に漆紙《うるしがみ》を張って表に日輪、裏に月の形を描いたものが多かった。

「ええ。で、その旗本の殿さま、南町奉行内与力《うちよりき》の正木《まさき》さまに秘《ひそ》かに探してくれないかと御頼みになりましてね。それで、正木さまが梶原の旦那に……」

「探せと命じられましたか……」

「ええ。盗賊や誰かが盗んだとしても古い軍扇、金に換えるには、故買屋か目利きを通じて好事家《こうずか》に秘かに売るしかありません」

「それで、古道具屋と扇屋の妾ですか……」

麟太郎は眉をひそめた。

「ええ。どっちも古い軍扇に拘りがないとは云えないし、野良犬の銜えていた小判、その一件に拘りがありそうに思えましてね」

「成る程、そうでしたか……」

「ですが、良く考えると、やっぱり小判を銜えた野良犬は拘りないのかも……」

亀吉は苦笑した。

「いや。未だそうと決めるのは早いですよ」

麟太郎は笑った。

「そうですかね……」

「ええ。小判を銜えた野良犬の真相が分からない限りはね。ま、今晩も見張ってみますし、それからですよ」

「今晩も見張りますか……」

「ええ……」

麟太郎は、楽しそうに笑った。
古道具屋『河童堂』は薄暗く、相変わらず客はいなかった。
大して商売をしているとは思えない割には、長く続いている店だ。
麟太郎は気が付いた。
古道具屋の他にも何か商いをしているのかもしれない。
麟太郎は、想いを巡らせた。
古道具屋『河童堂』主の五郎蔵が、風呂敷包みを持って出て来た。
出掛ける……。
麟太郎は、物陰から見守った。
五郎蔵は、見送りに出て来た女房のおさだに何事かを告げて日本橋《にほんばし》の通りに向かった。
よし……。
麟太郎は、五郎蔵を追った。
田所町《たどころちょう》から堀留町《ほりどめちょう》……。

五郎蔵は、風呂敷包みを持って東西の堀留川の傍を抜けて日本橋の通りに向かった。

麟太郎は追った。

五郎蔵は、多くの人が行き交う日本橋の通りを横切り、外濠《そとぼり》に進んだ。

何処に行く……。

麟太郎は尾行《つけ》た。

外濠には風が吹き抜け、小波《さざなみ》が走っていた。

五郎蔵は、外濠沿いを竜閑橋《りゅうかんばし》に進み、鎌倉河岸《かまくらがし》に曲がった。

此のまま進むと駿河台《するがだい》の武家屋敷街だ……。

麟太郎は眉をひそめた。

鎌倉河岸、外濠沿いを尚《なお》も進むと神田橋御門《かんだばしごもん》前に出る。

五郎蔵は、神田橋御門前に出た。

神田橋御門前には、大名や大身旗本の屋敷が連なっていた。

五郎蔵は、大名旗本の武家屋敷街に進んだ。

麟太郎は尾行た。

五郎蔵は錦小路《にしきこうじ》に進み、連なる旗本屋敷の一軒の表門脇の潜《くぐ》り戸を叩《たた》いた。

麟太郎は、物陰から見守った。

旗本屋敷の潜り戸が開き、五郎蔵は腰を屈《かが》めて中に入って行った。

旗本屋敷の主は誰なのか……。

五郎蔵は何をしに来たのか……。

麟太郎は、辺りを見廻した。

五郎蔵が入った旗本屋敷の斜向《はすむ》かいの屋敷から下男が現れ、門前の掃除を始めた。

麟太郎は、掃除をする下男に近付いた。

「忙しい処《ところ》、済まないが、ちょいと訊《き》きたい事があるんだが……」

麟太郎は笑い掛けた。

「は、はい。何でございましょう」

下男は、麟太郎に怪訝な眼を向けた。

「あの御屋敷、何方《どなた》の御屋敷かな……」

麟太郎は、五郎蔵の入った旗本屋敷を示した。

「ああ。あの御屋敷は、堀田《ほった》右《う》京大夫《きょうだゆう》さまの御屋敷にございますよ」

「堀田右京大夫さま……」

「はい……」

下男は頷いた。

「そうか。堀田さまか。堀田さまは骨董《こっとう》に造詣が深いのかな」

麟太郎は尋ねた。

「えっ……」

下男は、戸惑いを浮かべた。

「骨董品を集めているとか……」

麟太郎は、下男に素早く小銭を握らせた。

「えっ。骨董品に眼のないのは、御隠居の堀田楽翁《らくおう》さまにございますよ」

下男は、小銭を握り締めた。

「御隠居の堀田楽翁さま……」

「はい。いろいろ名のある骨董品を集めていると聞いておりますよ」

下男は告げた。

「そうか、御隠居の堀田楽翁さまか……」

古道具屋『河童堂』五郎蔵は、旗本堀田家の隠居楽翁の許に骨董品を持ち込んでいる。

麟太郎は知った。

持ち込む名のある骨董品の中には、或る旗本家の家宝である大権現さま拝領の軍扇もあるのかもしれない。

もし、そうならば古道具屋『河童堂』は盗品を秘かに扱う故買屋でもあるのだ。

五郎蔵、強《したた》かな狸面《たぬきづら》だ……。

麟太郎は苦笑した。

古道具屋『河童堂』五郎蔵は、半刻《はんとき》（約一時間）後に風呂敷包みを持たずに堀田屋敷から出て来た。

骨董品を持ち込み、売り込んだのか……。

麟太郎は睨んだ。

五郎蔵は、軽い足取りで来た道を戻り始めた。

古道具屋『河童堂』に帰る……。

麟太郎は読み、後を追った。

五郎蔵は、元浜町の裏通りにある古道具屋『河童堂』に戻った。

麟太郎は見届けた。

裏通りの小さな古道具屋の主が、大身旗本の屋敷の出入りを許されていた。

それは、持ち込む骨董品が気に入られているからだ。

五郎蔵は、大身旗本堀田家の隠居楽翁の許に、今迄どのような骨董品を持ち込んでいるのか……。

麟太郎は気になった。

五郎蔵は、古道具屋『河童堂』の雨戸を開けて再び商売を始めた。

今日はもう出掛けはしない……。

麟太郎は読み、五郎蔵の見張りを解いた。

恰幅《かっぷく》の良い大店《おおだな》の旦那が麟太郎と擦《す》れ違い、黒板塀に囲まれたおしまの家に入って行った。

妾のおしまの旦那である京橋の扇屋の主……。

麟太郎は気が付いた。

扇屋の旦那は、黒板塀の木戸門を閉めながら麟太郎に笑みを浮かべて会釈をした。

麟太郎は、釣られるように笑みを浮かべて会釈をした。

旦那は、木戸門を閉めた。

麟太郎は見送った。

さあて、どうする……。

扇屋の旦那は、おそらく夜迄帰らない筈だ。

斜向かいの荒物屋の親父が、退屈そうに笊《ざる》や草鞋《わらじ》、団扇《うちわ》や炭団《たどん》など店先の商品に雑な叩きを掛けていた。

よし……。

麟太郎は、荒物屋の親父に駆け寄った。

「やあ。親父さん……」

「おう。こいつは麟太郎さん、何だい……」

怠け者の親父は、話し相手が来たと笑顔で迎えた。

「今、おしまさんの家に入って行った恰幅の良い旦那……」

「ああ。おしまさんの旦那だよ……」

「じゃあ、京橋の扇屋の……」

「玉風堂《ぎょくふうどう》の旦那の庄一郎《しょういちろう》さんだぜ」

親父は苦笑した。

「へえ。あの人がおしまさんの旦那か……」

麟太郎は、感心して見せた。

「ああ。良いねえ、大店の旦那は。金に困らず、女に困らず……」

親父は、羨《うらや》ましそうに笑った。

「そんなに儲かっているんですか、玉風堂……」

「あの庄一郎の旦那が商売上手の遣《や》り手でね。大名旗本家から寺や神社迄、お出入りを許された御用達《ごようたし》でね。扇の他にも手広く商売をしているそうですよ」

「大名旗本家から寺や神社迄……」

「ああ……」

親父は頷いた。

「で、扇の他の手広い商売ってのは……」

「うん。聞く処によれば、扇と他の品物を組み合わせていろいろな献上品に誂《あつら》え、売っているそうだぜ」

親父は告げた。

「献上品を……」

麟太郎は訊き返した。

「ああ。ま、献上品ってのは殆《ほとん》どの品が決まり物だけど、その中に欲しい品物があったら、そりゃあ嬉《うれ》しくて、覚え目出度《めでた》くなるって奴だそうでね」

親父は笑った。

「そりゃあそうだ……」

麟太郎は頷いた。

「で、献上品の注文が来ると、いろいろと献上先を調べるそうだよ」

「献上先を調べる……」

麟太郎は眉をひそめた。

「ああ。そして、献上先が欲しがっている物とか、喜ぶ物とか……」

「そいつを突き止め、献上品に入れるのか……」

麟太郎は読んだ。

「って話ですぜ」

親父は頷いた。

「そうか。流石《さすが》だな……」

麟太郎は、強かな狸面の扇屋『玉風堂』庄一郎が如何《いか》に商売上手の遣り手なのを知った。

相手が喜ぶ物はいろいろある。

それが骨董品の時も……。

麟太郎は知った。


日が暮れた。

麟太郎は、残り飯に温めた味噌汁を掛けて腹拵《はらごしら》えをし、部屋の北西の隅に座り、酒を啜りながら耳を澄ませた。

閻魔堂や古道具屋『河童堂』、おしまの家の裏に物音はしなかった。

刻が過ぎた。

戌《いぬ》の刻《こく》五つ（午後八時）を報せる寺の鐘の音が、夜の静寂《しじま》に微かに響いた。

麟太郎は、襲い掛かる睡魔を払い除けて見張りを続けた。

微かな軋《きし》みが鳴った。

麟太郎は気が付いた。

閻魔堂の格子戸の軋み……。

麟太郎は、僅かに開けて置いた腰高障子から家を出た。

夜の閻魔長屋は寝静まっていた。
麟太郎は、足音を忍ばせて木戸の外の閻魔堂に向かった。
閻魔堂の格子戸越しに見える堂内の闇が僅かに揺れた。
誰かいる……。
麟太郎は、閻魔堂の中にいる者の出方を物陰から見守った。
町駕籠《まちかご》がやって来て、黒板塀に囲まれたおしまの家の木戸門の前に停まった。
駕籠舁《か》きは、おしまの家の木戸門を叩いた。
「もし、駕籠清《かごせい》の者です。お迎えに参りました……」
駕籠舁きは、おしまの家に告げた。
「はい。只今《ただいま》……」
家の中から婆やのおまつの声がした。
町駕籠が、おしまの旦那である扇屋『玉風堂』主の庄一郎を迎えに来たのだ。
僅かな刻が過ぎた。
恰幅の良い庄一郎が、妾のおしまと婆やのおまつに見送られて木戸門から出て来た。

「御苦労ですね……」

庄一郎は、駕籠舁きを労《ねぎら》って町駕籠に乗り込んだ。

「じゃあ、旦那さま……」

「うん。ではな……」

庄一郎は、科を作るおしまに笑い掛けた。

駕籠舁きは、町駕籠の垂《たれ》を降ろして担《かつ》ぎ上げ、出立《しゅったつ》した。

「お気を付けて……」

おしまとおまつは、立ち去って行く町駕籠を見送り、家に戻った。

閻魔堂から塗笠《ぬりがさ》を被《かぶ》った侍が現れ、庄一郎の乗った町駕籠を追った。

狙いは扇屋『玉風堂』庄一郎か……。

麟太郎は、塗笠を被った侍の腹の内を読み、後を追った。


扇屋『玉風堂』庄一郎は、迎えに来た町駕籠に乗って日本橋の通りに向かった。

田所町から堀留町……。

庄一郎を乗せた町駕籠は、西堀留川に架かっている道浄橋《どうじょうばし》を渡った。

行き先は京橋にある扇屋の『玉風堂』だ……。

麟太郎は、町駕籠を尾行る塗笠を被った侍を追った。

夜廻りの木戸番の打ち鳴らす拍子木の音が、夜空に甲高《かんだか》く響いた。

三

日本橋川の流れに月影は揺れた。

扇屋『玉風堂』主の庄一郎を乗せた町駕籠は、日本橋川に架かっている江戸橋《えどばし》を渡って楓川《かえでがわ》沿いの本材木町《ほんざいもくちょう》の通りを京橋に向かった。

塗笠を被った侍は追った。

麟太郎は続いた。

町駕籠は、楓川沿いの本材木町の通りを進んだ。

塗笠を被った侍は、先を行く町駕籠に向かって走り出した。

襲う……。

麟太郎は、猛然と地を蹴った。

塗笠を被った侍は、町駕籠に駆け寄りながら刀を抜いた。

駕籠舁きは、駆け寄る塗笠を被った侍に気が付き、町駕籠を降ろして叫んだ。

「人殺し……」

「人殺しだ……」

駕籠舁きたちは喚《わめ》いた。

塗笠を被った侍は、喚く駕籠舁きたちに刀を一閃《いっせん》した。

駕籠舁きたちは、悲鳴を上げて逃げた。

塗笠を被った侍は、町駕籠の垂に刀を突き刺した。

一瞬早く、町駕籠から庄一郎が転げ出た。

「おのれ、玉風堂庄一郎……」

塗笠を被った侍は、庄一郎を睨み付けて迫った。

「誰だ……」

庄一郎は、塗笠を被った侍を必死に見据《みす》え、楓川に後退《あとずさ》りした。

塗笠を被った侍は、庄一郎に刀を翳《かざ》した。

刀は月明かりに煌《きら》めいた。

「死ね……」

塗笠を被った侍は、冷笑を浮かべて刀を斬り下げようとした。

「止《や》めろ……」

刹那《せつな》、麟太郎が塗笠を被った侍に飛び掛かり、組み付いた。

塗笠を被った侍は驚いた。

麟太郎は、塗笠を被った侍の刀を握る腕を捩《ね》じり上げた。

塗笠を被った侍は、捩じり上げられた腕の激痛に顔を歪《ゆが》めて刀を落とした。

麟太郎は、素早く投げを打った。

塗笠を被った侍は、夜空を舞って地面に叩きつけられた。

麟太郎は、塗笠を被った侍を取り押さえようとした。

一瞬早く、塗笠を被った侍は、楓川に飛び込んだ。

水飛沫《みずしぶき》が月明かりに煌めいた。

麟太郎は、塗笠を被った侍が楓川の水面に浮かぶのを待った。だが、塗笠を被った侍が浮かぶ事はなかった。

逃げられた……。

麟太郎は見定め、苦笑した。

「危ない処をありがとうございました。お陰さまで助かりました」

庄一郎は、安堵《あんど》を浮かべて麟太郎に礼を述べた。

「いや。怪我はないか……」

麟太郎は尋ねた。

「はい……」

庄一郎は頷いた。

「そいつは良かった」

麟太郎は笑った。

「旦那さま……」

駕籠舁きが、役人や岡《おか》っ引《ぴき》を連れて駆け戻って来た。


庄一郎は、麟太郎を扇屋『玉風堂』に招き、せめてもの礼の印にと酒を振舞った。

麟太郎は、庄一郎の誘いに乗り、礼の酒を飲んだ。

「本当に青山《あおやま》さまが通り掛かってくれて、命拾いをしましたよ」

庄一郎は、麟太郎に酌《しゃく》をした。

「ありがとうございます。旦那の運が強いんですよ」

麟太郎は、庄一郎に徳利を向けた。

「畏《おそ》れ入ります」

庄一郎は、麟太郎の酌を受けた。

「処で旦那、旦那を襲った塗笠を被った侍が何処の誰か御存知ですか……」

麟太郎は尋ねた。

「いいえ。存じません」

庄一郎は眉をひそめた。

「じゃあ、心当たりは……」

「さあて、私も商人、儲ける為には他人を出し抜いたり、いろいろやっていますので、逆恨みぐらい買っているのかもしれません」

庄一郎は、不敵な笑みを浮かべた。

「成る程。逆恨みですか……」

麟太郎は眉をひそめた。

「ええ……」

庄一郎は頷いた。

亥の刻四つの鐘の音が遠くに聞こえた。

潮時だ……。

「おっ。亥の刻ですか。やあ、御馳走になりました。では、私は此れで……」

麟太郎は、猪口《ちょこ》を置いた。

翌朝、早々に亀吉が麟太郎を訪れた。

「来ると思っていましたよ」

麟太郎は迎えた。

「昨夜、扇屋の玉風堂の旦那の庄一郎、襲われたんですって……」

亀吉は眉をひそめた。

「ええ。妾のおしまの家から町駕籠に乗って帰る時、閻魔堂で待っていた塗笠を被った侍が後を追いましてね。楓川沿いの通りで……」

「襲い掛かりましたか……」

「ええ。刀を抜いて……」

「で、庄一郎の旦那を助けましたか……」

「ええ。ですが、塗笠を被った侍、楓川に飛び込んで逃げましてね……」

「楓川に……」

「ええ。で、玉風堂でお礼の酒を御馳走になりましたよ」

麟太郎は笑った。

「庄一郎の旦那、襲った塗笠を被った侍が誰かは……」

「分からないし、襲われた心当たりも此れと云ってないそうです」

「へえ、そうですか……」

「だが、商人として儲ける為、他人を出し抜いたりしているので、逆恨みをされているのかもしれない、と……」

麟太郎は告げた。

「へえ。商人として儲けて、逆恨みですか……」

亀吉は首を捻った。

「ええ。庄一郎の旦那、聞く処によれば、かなりの商売上手の遣り手ですよ」

麟太郎は、庄一郎の分かった事を亀吉に報せた。

京橋には多くの人が行き交っていた。

麟太郎と亀吉は、京橋の袂から炭町《すみちょう》にある扇屋『玉風堂』を眺めた。

扇屋『玉風堂』には、大店らしく大名旗本家や名のある神社や寺の御用達の金看板が掲げられていた。

「へえ。相手の喜ぶ品物を入れた献上品ですかい……」

亀吉は感心した。

「ええ。頼まれれば、献上先の喜ぶ品物が何か突き止め、そいつを入れた献上品を誂えるそうですよ」

「成る程。商売上手の遣り手ですねえ……」

亀吉は感心した。

扇屋『玉風堂』には、武士や僧侶が出入りしていた。

「それにしても、玉風堂庄一郎、誰にどうして命を狙われているのか……」

麟太郎は眉をひそめた。

「ええ……」

麟太郎は、扇屋『玉風堂』とその周囲を見廻した。

「あっ……」

麟太郎が小さな声を上げた。

「どうしました……」

亀吉は、麟太郎に怪訝な眼を向けた。

「玉風堂の斜向かいの蕎麦屋《そばや》の路地にいる塗笠を被った侍……」

麟太郎は、蕎麦屋の路地にいる塗笠を被った侍を示した。

「昨夜。庄一郎の旦那を襲った奴ですか……」

亀吉は読んだ。

「ええ……」

麟太郎は頷いた。

「そいつは良い。あっしが何処の誰か突き止めます」

亀吉は、小さく笑った。

「じゃあ、俺は庄一郎の旦那が近頃、どんな献上品を作ったのか、探ってみますよ」

麟太郎は告げた。

「そうですか。じゃあ……」

亀吉は、扇屋『玉風堂』の斜向かいの蕎麦屋の裏手に廻って行った。

麟太郎は見送り、京橋の袂から扇屋『玉風堂』に向かった。そして、『玉風堂』に入る時、斜向かいの蕎麦屋の路地を見た。

塗笠を被った侍は慌《あわ》てて俯《うつむ》き、路地の奥に姿を消した。

亀さんが追った筈だ……。

麟太郎は見送り、『玉風堂』の暖簾《のれん》を潜った。

「いらっしゃいませ……」

迎えた手代《てだい》は、入って来た客が麟太郎だと気が付いた。

「此れは昨夜のお侍さま……」

「うん。旦那はいるかな」

「いえ。先程、お出掛けになりましたが……」

手代は、申し訳なさそうに告げた。

「そうか……」

聞き込みには丁度《ちょうど》良い……。

麟太郎は、腹の内で笑った。

「あの、何か……」

「うん。私に仕官話があってな。相手に献上の品を贈ろうと思うのだが、どんな物が良いのか分からなくて、相談に乗って貰《もら》おうとな」

嘘も方便だ……。

麟太郎は、咄嗟《とっさ》に上手《うま》い嘘を吐《つ》いた己《おのれ》に秘かに感心した。

「それはそれは、おめでとうございます。それで相手はどのような……」

「うん。御公儀の大番組頭《おおばんぐみがしら》の方でな……」

〝大番組〟とは、平時には江戸城、大坂城、二条城の警備をし、戦時では将軍本陣を護《まも》る旗本で編制された軍事組織である。

「それなら、軍扇などを献上されては如何《いかが》でしょうか……」

手代は、勧めた。

「ほう。軍扇か……」

麟太郎は、思わず笑みを浮かべた。

話は狙い通りだ……。

「はい。うちの旦那さまが、御公儀御重職さまへの献上の品の誂えを頼まれましてね。御重職さまの人柄や趣味を調べて献上の品に軍扇を入れた処、とてもお喜びになられ、うちの旦那さまもお褒《ほ》めに与《あずか》かったそうにございますよ」

手代は、自慢げに告げた。

「成る程、そいつは凄いな……」

麟太郎は、庄一郎が軍扇を献上品に使っているのが事実だと知った。

「はい。それはもう……」

「ならば、昔の名のある武将が使った軍扇なら喜ばれるだろうな」

麟太郎は、鎌を掛けた。

「え、ええ。ですが、昔の名のある武将の軍扇となると骨董としての値も高く、とてもとても……」

手代は苦笑し、首を横に振った。

「そうだろうな……」

麟太郎は頷いた。

「ええ……」

「よし。先《ま》ずは大番組頭がどのような人柄でどんな趣味なのか、調べて来る。ではな……」

麟太郎は、扇屋『玉風堂』を後にした。

日本橋の通りは行き交う人で賑《にぎ》わっていた。

塗笠を被った侍は、日本橋の通りを北に進み、今川橋《いまがわばし》跡を西に曲がった。

亀吉は、人混みに紛れて尾行た。

塗笠を被った侍は、西に進んで外濠、鎌倉河岸三河町《みかわちよう》に進んだ。

何処に行く……。

亀吉は尾行た。

外濠、鎌倉河岸三河町から神田橋御門前から錦小路の旗本屋敷街に進んだ。
塗笠を被った侍は、神田橋御門……。
亀吉は追った。
塗笠を被った侍は、旗本屋敷の連なりを進んで或る屋敷の表門脇の潜り戸を叩いた。
亀吉は、物陰から見守った。
屋敷の潜り戸から中間《ちゆうげん》が現れ、塗笠を被った侍と短く言葉を交わした。
中間は頷き、屋敷内に戻った。
塗笠を被った侍は、辺りを見廻しながら佇《たたず》んだ。
誰かが来るのを待っている……。
亀吉は読んだ。
僅かな刻が過ぎ、羽織袴の中年の武士が潜り戸から出て来た。
塗笠を被った侍は、中年の武士に挨拶をして何事かを告げた。
中年の武士は頷き、塗笠を被った侍を一方に誘《いざな》った。
塗笠を被った侍は、中年の武士に続いた。

亀吉は追った。

中年の武士は、塗笠を被った侍を連れて三河町に向かった。

鎌倉河岸には小さな波が打ち付け、小さな音を立てていた。

中年の武士は、塗笠を被った侍を伴って三河町の蕎麦屋の暖簾を潜った。

亀吉は見届けた。

さあて、どうする……。

亀吉の迷いは短かった。


「いらっしゃいませ……」

蕎麦屋の女将《おかみ》は、亀吉を迎えた。

「おう。せいろを二枚だ……」

注文をした亀吉は、中年の武士と塗笠の侍がいる席と衝立《ついたて》を間にした処に座り、耳を澄ました。

「して清水《しみず》、討ち損ねたか……」

中年の武士は眉を顰《しか》めた。

「はい。思わぬ邪魔が入り……」

清水と呼ばれた塗笠の侍は、悔《くや》し気《げ》に猪口の酒を呷《あお》った。

「邪魔……」

「はい。それで桑原《くわはら》さま、今日も玉風堂に行き、隙《すき》あらばと思ったのですが、昨夜、邪魔をした奴がいまして……」

「そうか……」

桑原と呼ばれた中年の武士は、冷ややかな面持ちで清水に酌をした。

「お、畏れ入ります」

「清水、此のままでは、玉風堂がいつ御隠居さまの名を出すか分らぬ。それだけはさせてはならぬ……」

桑原は命じた。

「はい。心得ております」

「うむ。清水、事が成就すれば、儂《わし》が必ず推挙する……」

桑原は酒を飲んだ。

亀吉は、せいろ蕎麦を手繰《たぐ》りながら衝立越しに途切れ途切れの話を聞いた。

塗笠を被った侍は、清水と云う名で旗本家の家来の桑原の指図で扇屋『玉風堂』庄一郎の命を狙っている。
亀吉は知った。
旗本家の主は何者なのか……。
刻が過ぎ、桑原と清水は蕎麦屋を出た。
亀吉は続いて出た。

桑原と清水は、蕎麦屋を出て別れた。
どちらを追うか……。
亀吉は迷った。
桑原の奉公先の旗本家は、後でも調べられる。
先ずは、清水の棲家《すみか》を突き止める……。
亀吉は清水を追った。

神田川の流れは煌めいた。
清水は、三河町から神田八《や》ツ小路《こうじ》に抜けて神田川に架かっている昌平橋《しょうへいばし》を渡った。
亀吉は尾行た。

清水は、明神下《みようじんした》の通りを不忍池《しのばずのいけ》に向かって進み、湯島天神《ゆしまてんじん》裏門坂道に曲がった。

そして、湯島天神坂下町《さかしたちよう》の古長屋の木戸を潜った。

亀吉は、木戸に走った。

清水は、古長屋の奥の家に入った。

亀吉は見届けた。

古長屋の木戸には、墨の消えかかった天神長屋と書かれた古い看板が掛けられていた。

天神長屋か……。

亀吉は、清水の棲家を突き止めた。

「誰かを訪ねて来たのかい……」

買い物帰りのおかみさんは、亀吉に怪訝な眼を向けた。

「やあ。丁度良かった。此処《ここ》に清水って若い浪人はいるかな……」

「ああ。いますよ。清水祐之助《ゆうのすけ》……」

おかみさんは奥の家を指差した。

清水祐之助……。

亀吉は知った。

四

浜町堀を行き交う船は明かりを灯《とも》した。

居酒屋の客は少なかった。

「お待ちどう……」

「おう……」

麟太郎は、老亭主の運んで来た酒を飲み始めた。

「お待たせしました……」

亀吉が現れ、麟太郎の前に座った。

「いえ。私も今来たばかりです。ま、一杯……」

麟太郎は、亀吉に酌をした。

「此奴《こいつ》は畏れ入ります」

亀吉は、麟太郎の酌を受けた。

「塗笠の侍、何処の誰か分かりましたか……」

「ええ。湯島天神坂下町の天神長屋に住む清水祐之助って浪人でした」

「浪人の清水祐之助ですか……」

「ええ。清水祐之助、あれから駿河台は錦小路の堀田って旗本の屋敷に行きましてね」

亀吉は、天神長屋からの帰りに錦小路に廻り、清水が訪れた旗本屋敷を調べた。そして、旗本屋敷の主は堀田右京大夫であり、家来の桑原は隠居の楽翁付きの桑原主膳《しゅぜん》だと突き止めて来ていた。

「錦小路の堀田屋敷……」

麟太郎は眉をひそめた。

「知っているんですか……」

「古道具屋河童堂の五郎蔵が訪れた旗本屋敷です」

「五郎蔵が……」

「ええ。隠居の楽翁が骨董好きだそうです」

「麟太郎さん、清水の玉風堂庄一郎の闇討ち、どうやらその隠居の楽翁が拘っているようですぜ」

亀吉は、厳しい面持ちで酒を飲んだ。

居酒屋は賑わい始めた。

「隠居の楽翁が……」

麟太郎は、緊張を滲《にじ》ませた。

「ええ。で、玉風堂の庄一郎、どうでした」

「そいつですが、庄一郎、公儀重職への献上品の誂えを頼まれ、軍扇を入れた物を作って喜ばれたそうです」

「じゃあ……」

亀吉は、厳しさを滲ませた。

「ええ。ひょっとしたら、堀田家隠居の楽翁が公儀重職への献上品の誂えを玉風堂の庄一郎に頼み、庄一郎は公儀重職の人柄や趣味を調べ、名のある骨董の軍扇を入れた……」

麟太郎は読んだ。

「公儀重職はその献上品を喜び、隠居の楽翁の願いでも叶《かな》えましたか……」

亀吉は苦笑した。

「ええ。ですが、その軍扇はある旗本の先祖が大権現さまから拝領した家宝で盗まれた物であり、お上《かみ》が動き始めた」

「それに気が付いた堀田家隠居の楽翁は、自分に累《るい》が及ばぬよう、玉風堂庄一郎の口を封じようと、家来の桑原に庄一郎の闇討ちを命じましたか……」

「ええ。で、桑原は浪人の清水祐之助を仕官を餌《えさ》に雇い、庄一郎を襲わせた……」

麟太郎と亀吉は、摑《つか》んで来た事から事態を読んだ。

「ま、そんな処ですかね……」

「ええ……」

麟太郎と亀吉は酒を飲んだ。

居酒屋は客で満ちた。

「で、どうしますか……」

亀吉は、麟太郎の出方を窺った。

「読みは読みに過ぎない。先ずは、確かな証拠か証人を摑まなければなりません」

麟太郎は告げた。

「確かな証拠か証人ですか……」

「ええ。おそらく浪人の清水祐之助は、又《また》玉風堂庄一郎を襲うでしょう。その時が勝負ですね」

「じゃあ今度、庄一郎が妾のおしまの家に来る時ですか……」

亀吉は睨んだ。

「きっと……」

麟太郎は、笑みを浮かべて酒を飲んだ。

居酒屋の店内には、酔客たちの楽し気な笑い声が響いた。


浪人の清水祐之助は、扇屋『玉風堂』庄一郎が次に元浜町の妾のおしまの家に来る時に闇討ちを仕掛ける……。

麟太郎は睨み、庄一郎が妾のおしまの家に来る日を調べる事にした。そして、亀吉は浪人の清水祐之助を見張った。


「玉風堂の旦那が来る日かい……」

婆やのおまつは笑った。

「ああ。次に来る日はいつかな……」

麟太郎は、買い物に出掛けたおまつを尾行し、偶然に出逢った振りをして茶店で団《だん》子《ご》を振舞った。

おまつは、警戒しながらも茶を飲み、団子を食べた。

「麟太郎さん、旦那の来る日を聞いてどうするんですか……」

おまつは、麟太郎に探る眼を向けた。

「うん。まあ、ちょいとな……」

「まさか、閨《ねや》の様子を盗み聞きして春本でも書く気じゃあないでしょうね。扇屋玉風堂主庄一郎と妾おしまの愛欲に塗《まみ》れた甘い夜とかなんとかって……」

おまつは、面白そうに笑った。

「冗談じゃあない。閻魔堂赤鬼《あかおに》は絵草紙の戯作者《げさくしゃ》だ。春本書きじゃあないさ」

麟太郎は苦笑した。

「でも麟太郎さん、絵草紙より春本の方が売れて儲かりますよ」

おまつは団子を頬張《ほおば》った。

「そうか。じゃあ考えてみるか。で、いつなんだ、次に庄一郎の旦那が来るのは……」

麟太郎は訊いた。

「旦那は、明日の夜ですよ」

おまつは、団子を食べ終えて茶を飲んだ。

「明日の夜……」

麟太郎は知った。

「ええ……」

「そうか。おまつさん、此奴はおしまさんや庄一郎の旦那には内緒だぜ。土産《みやげ》に大福でも持って行くか……」

「あら、嬉しいね……」

おまつは、口止めの大福を喜んだ。


湯島天神裏の坂下町にある天神長屋は、博奕《ばくち》打ち、地廻《じまわ》り、食詰《くいつめ》浪人などが住む怪しげな古長屋だった。

清水祐之助は出掛けず、長屋の家に閉じ籠《こも》っていた。

亀吉は、木戸から古い天神長屋を見張った。

「どうですか、清水祐之助……」

麟太郎がやって来た。

「閉じ籠ったまま一歩も出ませんぜ」

亀吉は苦笑した。

「そうですか。して、玉風堂の庄一郎が妾のおしまの家に来るのは、明日の夜です」

麟太郎は告げた。

「明日の夜ですか……」

亀吉は眉をひそめた。

「ええ。婆やのおまつさんから訊き出しましたよ」

「そうですか。じゃあ、清水祐之助、明日までは動きませんね」

亀吉は読んだ。

「ええ。きっと……」

麟太郎は頷いた。

「おう。麟太郎さんも一緒でしたか……」

岡っ引の連雀《れんじゃく》町《ちょう》の辰五郎《たつごろう》がやって来た。

「親分……」

亀吉は迎えた。

「丁度良かった。大権現さま拝領の軍扇を盗まれた旗本が面白い事を云い出しましてね」

辰五郎は苦笑した。

辰五郎、亀吉、麟太郎は、天神長屋の木戸が見える煙草《たばこ》屋の前の縁台に落ち着いた。

「で、親分、軍扇を盗まれた旗本が云い出した面白い事ってのは、何ですか……」

亀吉は訊いた。

「うん。盗まれる半月程前、扇屋が大権現さま拝領の軍扇を高値で譲ってくれないかと云って来たそうだ」

辰五郎は告げた。

「何処の扇屋ですか……」

「そいつが、京橋の扇屋玉風堂だそうだ」

「玉風堂……」

麟太郎と亀吉は、思わず訊き返した。

「ああ。玉風堂の庄一郎の旦那だ」

「庄一郎の旦那が……」

麟太郎は、戸惑いを浮かべた。

「ああ。何処で聞いたのか分からないが、庄一郎の旦那が大権現さま拝領の軍扇を譲ってくれと云って来たそうだ」

辰五郎は頷いた。

「して、旗本家はどうしたのですか……」

「家宝の軍扇。売る訳にはいかないと断った。ですが、庄一郎の旦那、一目眼福を賜《たまわ》りたいと頼んだそうです……」

「して、見せたのですか……」

「ああ。旗本の殿さま、家宝の軍扇に幾らぐらいの値が付くか知りたくなったそうでね」

辰五郎は苦笑した。

「それで、軍扇に幾らの値が……」

亀吉は、身を乗り出した。

「そいつが、庄一郎の旦那の目利きでは、軍扇には大権現さま拝領の確かな証《あかし》はなく、由緒書きだけなので二十両だと……」

辰五郎は告げた。

「二十両……」

亀吉は、思わず落胆の声をあげた。

「大権現さま拝領の軍扇にしちゃあ、安いですね……」

麟太郎は首を捻った。

「ええ。旗本のお殿さまもそう思い、内心がっかりしたんですが、お家に代々伝わる家宝は家宝、値は拘りないと古い桐箱に由緒書きと一緒に戻し、床の間に置いたそうだ」

「で、盗まれましたか……」

麟太郎は読んだ。

「ええ。置いたのも忘れていて、気が付いた時には無くなっていたとか……」

辰五郎は苦笑した。

「盗人《ぬすっと》が忍び込んだか、誰かが屋敷の奉公人に金を握らせて盗ませたか……」

麟太郎は読んだ。

「ま、そんな処ですかね……」

辰五郎は頷いた。

扇屋『玉風堂』主の庄一郎が、妾のおしまの家に来る日になった。

麟太郎は、閻魔堂に手を合わせて古道具屋『河童堂』を窺った。

古道具屋『河童堂』は薄暗く、奥の帳場には五郎蔵が狸の置物のように座っていた。

五郎蔵も古道具屋を営む裏で何かをしているのかもしれない……。

麟太郎は苦笑した。

隣のおしまの家を囲む黒板塀の木戸門が開き、婆やのおまつが箒《ほうき》を持って出て来た。

「やあ。おまつさん……」

麟太郎は、掃除を始めたおまつに近付いた。

「あら、麟太郎さん、昨日はどうも……」

おまつは笑った。

「旦那の来る日は大変だな……」

「そりゃあもう。酒と肴《さかな》は勿論《もちろん》、何でもかんでも日暮れ迄に仕度《したく》しなくちゃあ……」

おまつは苦笑した。

「そうか。ま、気を付けてな……」

今の処、おしまの家に変わった事はない。

麟太郎は読んだ。

日暮れ時、扇屋『玉風堂』庄一郎は、妾のおしまの家に来る。

夜、浪人の清水祐之助がやって来て、閻魔堂で庄一郎旦那が来るのを待ち、闇討ちを仕掛けるのだ。

清水祐之助を捕え、何もかもが旗本堀田家隠居の楽翁に命じられての事だと吐《は》かせなければならない……。

麟太郎は、手薬煉《てぐすね》を引いて夜を待つ事にした。


湯島天神坂下町の天神長屋は、洗濯をするおかみさんもいなく、朝から酒の臭いが漂っていた。

亀吉は、木戸の陰から天神長屋の奥の清水祐之助の家を見張った。

刻が過ぎた。

清水の家の腰高障子が開いた。

亀吉は見守った。

清水が現れ、辺りを見廻して腰高障子を閉め、足早に木戸から出て行った。

朝飯でも食いに行くのか……。

亀吉は追った。

清水祐之助は、湯島天神裏の男坂を上がった。

亀吉は尾行た。

湯島天神境内には参拝客が訪れ始めていた。

清水は、湯島天神の本殿に手を合わせ、境内を抜けた。そして、湯島天神の鳥居を出て門前町《もんぜんちょう》に向かった。

湯島天神門前町の盛り場は未だ眠っていた。

清水祐之助は、盛り場の隅にある古い一膳飯屋の暖簾を潜った。

やはり朝飯か……。

亀吉は苦笑した。

よし……。

亀吉は、清水に続いて古い一膳飯屋の暖簾を潜った。

古い一膳飯屋に客は少なかった。

亀吉は、店の亭主に浅利《あさり》のぶっ掛け飯を頼み、片隅にいる清水祐之助の近くに座った。

清水は、運ばれて来た飯と味噌汁を食べ始めていた。

「お待ちどお……」

やがて、亀吉の許にも浅利のぶっ掛け飯が運ばれた。

「おう……」

亀吉は、浅利のぶっ掛け飯を食べ始めた。

「いらっしゃい……」

亭主が、入って来た着流しの浪人を迎えた。

「うむ。酒をくれ……」

着流しの浪人は、亭主に酒を頼んで片隅にいる清水の許に進んだ。

清水は、笑みを浮かべて着流しの浪人を迎えた。

清水の仲間か……。

亀吉は、微かな緊張を覚えた。


浜町堀に夕陽が映えた。

麟太郎は、閻魔堂の堂内を検めた。

堂内には閻魔王が鎮座しているだけで、いつもと変わった処はなかった。

麟太郎は見定め、閻魔堂を出て周囲を調べた。

周囲にも不審な処はなかった。

仕事を早仕舞いして帰って来た閻魔長屋の亭主たちが、閻魔堂に一日が無事に終わった事を告げて家に帰って行った。

麟太郎は、店仕舞いをしている荒物屋の親父の処に進んだ。

「やあ。親父さん、店仕舞いか……」

「ああ。今日は笊が二つと草鞋が一足、それに炭団が一つだ……」

親父は、売れた僅かな品物を告げた。

「そいつは大繁盛だ……」

麟太郎は、裏通りを眺めた。

扇屋『玉風堂』庄一郎が、そろそろ妾のおしまの家に来る筈だ。

「お陰さまで……」

親父は苦笑した。

町駕籠がやって来た。

扇屋『玉風堂』主の庄一郎が乗っているのか……。

麟太郎は、町駕籠を見守った。

町駕籠は、おしまの家を囲む黒板塀の木戸門の前に停まり、庄一郎が下りた。

「じゃあ、戌《いぬ》の刻《こく》五つに迎えを頼みますよ」

庄一郎は、駕籠舁きに酒手《さかて》を渡して告げた。

「へい。承知しました」

駕籠舁きは、空駕籠を担いで立ち去った。

庄一郎は、黒板塀の木戸門を潜っておしまの家に入って行った。

麟太郎は見届けた。

「玉風堂の旦那か。俺も扇屋になって妾の一人でも抱えたかったもんだ……」

親父は、羨ましそうにぼやいた。

「まったくだ……」

麟太郎は苦笑した。


夜は更《ふ》けた。

閻魔長屋の家々には明かりが灯り、子供の笑い声が洩れていた。

清水祐之助は、着流しの浪人と裏通りを来た。

おしまの家の明かりは消えていた。

「早々と明かりを消して閨《ねや》の中か……」

「ああ、妾の家に来てやる事は一つだ」

清水は笑い、おしまの家に扇屋『玉風堂』庄一郎が来ているのを見定め、着流しの浪人と閻魔堂に入った。

亀吉は見届け、暗がり伝いに閻魔長屋の木戸を潜り、麟太郎の家に急いだ。

「清水祐之助が助っ人の浪人を連れて来ましたか……」

麟太郎は眉をひそめた。

「ええ。奴らは今、閻魔堂の中です。今の内にお縄にしますか……」

「いいえ。我々の狙いは、庄一郎の旦那を殺そうとする清水祐之助を捕える事です」

「闇討ちの刺客として捕えれば、もう言い逃れは出来ないと覚悟を決め、何もかも吐きますか……」

亀吉は、麟太郎の狙いを読んだ。

「ええ。きっと……」

麟太郎は不敵に笑った。

刻が過ぎた。

麟太郎は、北西の壁際で耳を澄ませていた。

閻魔堂の裏に足音が聞えた。

「亀さん……」

麟太郎と亀吉は、壁の外の足音を追った。

足音は二人、閻魔堂の裏からおしまに家に向かっていた。

よし……。

麟太郎は、家の外に忍び出た。

亀吉が続いた。


清水祐之助と着流しの浪人は、閻魔長屋の連なる家々と古道具屋『河童堂』、おしまの家の黒板塀の狭い間を蟹《かに》のような横歩きで進んだ。

そして、黒板塀に攀《よ》じ登った。

黒板塀の上から見えるおしまの家は雨戸が閉められ、静まり返っていた。

「獲物は何処だ……」

着流しの浪人は、厳しい面持ちでおしまの家を見据えた。

「おそらく、奥の雨戸の閉まっている部屋だ」
清水は囁き、黒板塀を乗り越えて庭に下りた。
着流しの浪人は続いた。
清水は、奥の部屋の雨戸に走った。そして、雨戸に耳を寄せて中の様子を窺った。
男と女の乱れた息遣いが微かに聞えた。
此処だ……。
清水は、着流しの浪人に目配せした。
着流しの浪人は、雨戸を抉《こ》じ開けた。
清水は刀を抜き、抉じ開けた雨戸から忍び込もうとした。
刹那、暗がりから麟太郎が現れ、清水の刀を握る腕を掴まえて捻りあげた。
清水は、悲鳴を上げて刀を落とした。
麟太郎は、投げを鋭く打った。
清水は、地面に激しく叩き付けられて昏倒《こんとう》した。
着流しの浪人は、慌てて逃げようとした。
亀吉が飛び掛かり、十手《じって》を振るった。

着流しの浪人は、頭を殴られて悶絶《もんぜつ》した。

「麟太郎さん……」

「ええ。上首尾です」

麟太郎は頷いた。

雨戸の奥の座敷の障子が開き、半裸の庄一郎と妾のおしまが怯えた顔を見せた。

「やあ……」

麟太郎は笑い掛けた。


清水祐之助は、旗本堀田家隠居楽翁の家来の桑原主膳に五両で雇われ、扇屋『玉風堂』庄一郎を闇討ちにしようとした。

清水は、南町奉行所臨時廻り同心の梶原八兵衛《はちべえ》の厳しい詮議《せんぎ》を受けて白状した。

扇屋『玉風堂』庄一郎は、楽翁に公儀重職への献上品を誂えるように頼まれた。そして、公儀重職の人柄や趣味を調べ、名高い軍扇を欲しがっているのを知り、大権現さま拝領の軍扇を家宝にしている旗本を捜し出し、奉公人に金を握らせて盗み出させ、献上品に誂えて楽翁の許に持ち込んだ。

楽翁は、公儀重職に献上品を差し出した。

公儀重職は軍扇を喜び、楽翁を願い通りに上様御伽衆《おとぎしゅう》に推挙した。

だが、隠居の楽翁は、軍扇を盗まれた旗本が騒ぎ出し、南町奉行所が動き出したのを知り、軍扇を献上品にした庄一郎の口封じを家来の桑原に命じたのだ。

梶原八兵衛は、事の次第を根岸肥前守《ねぎしひぜんのかみ》と内与力の正木平九郎《へいくろう》に報せた。

根岸肥前守は、正木平九郎を堀田家主の右京大夫の許に遣《つか》わした。

旗本堀田家主の右京大夫は、隠居楽翁の所業を知って愕然《がくぜん》とした。

平九郎は、右京大夫に肥前守の言葉を伝えた。

隠居楽翁を一刻も早く出家させ、謹慎するようにと……。

だが、隠居の楽翁は出家を拒んで切腹した。

堀田右京大夫は、恐れ戦《おのの》いて家来の桑原主膳を南町奉行所に出頭させた。

桑原は、隠居楽翁が己と扇屋『玉風堂』庄一郎の拘りを断ち切る為、殺せと命じた事を認めた。

根岸肥前守は、扇屋『玉風堂』庄一郎、桑原主膳、清水祐之助たちを流罪とし、扇屋『玉風堂』を闕所《けっしょ》にした。そして、公儀重職に軍扇を元の持ち主の旗本の許に返させた。

評定所は桑原主膳に切腹を命じた。

大権現さま拝領の軍扇騒ぎは終わった。


麟太郎は、閻魔堂に手を合わせた。

斜向かいの荒物屋の親父が声を掛けて来た。

「聞きましたかい。おしま、新しい旦那を捜《さが》しているそうだよ」

妾稼業のおしまは、扇屋『玉風堂』庄一郎の代わりの旦那を捜し始めていた。

「らしいですね……」

麟太郎は、おしまの逞《たくま》しさに感心した。

「うちの荒物屋が繁盛していたらな……」

親父は悔しがった。

閻魔堂の縁の下から野良犬が現れ、麟太郎と荒物屋の親父を一瞥《いちべつ》して通って行った。

金色に輝く物を銜えて……。

「あっ……」

麟太郎と親父は、思わず声を上げた。

「見ましたかい……」

親父は、声を震わせた。

「ええ。でも、銜えていた物が何かは、良く見えなかった」

麟太郎は素早く惚《とぼ》けた。

暫《しば》く騒ぎは十分だ……。

第四話　仇討《あだう》ち異聞

一

三味線《しやみせん》の爪弾《つまび》きは、月影の映える浜町堀《はまちようぼり》を行く屋根船から洩《も》れていた。

麟太郎《りんたろう》は、両国広小路《りようごくひろこうじ》で戯作者《げさくしや》仲間と酒を飲み、ほろ酔《よい》機嫌で浜町堀は元浜町《もとはまちよう》の閻《えん》魔《ま》長屋に帰って来た。そして、閻魔長屋の木戸の傍《そば》の閻魔堂に手を合わせた。

うん……。

麟太郎は、閻魔堂の堂内に微《かす》かな人の呻《うめ》き声を聞いた。

誰かいるのか……。

麟太郎は、格子戸を開けて堂内を覗《のぞ》いた。

蒼白《あおじろ》い月明かりの差し込む堂内には閻魔王が鎮座し、傍《かたわ》らに旅姿の初老の侍が横たわっていた。

閻魔堂に寝泊まりするのは禁じられている。

「おい。此処《ここ》に寝泊まりしてはならんぞ」

麟太郎は、声を掛けた。

「す、済まぬ……」

初老の侍は、僅《わず》かに眼を開けて起き上がろうとしたが、苦しく呻いて崩れた。

「どうした……」

麟太郎は驚き、堂内に入って旅の初老の侍の様子を見た。

初老の侍は痩《や》せ細り、熱を出していた。

「熱だ……」

麟太郎は、旅の初老の侍が熱を出しているのに気が付いた。

旅の初老の侍は、熱を出して倒れている。

「行き倒れかあ……」

麟太郎は慌《あわ》てた。

行燈《あんどん》を灯《とも》し、煎餅蒲団《せんべいぶとん》を敷いて旅の初老の侍を寝かせ、町医者の室井《むろい》玄石《げんせき》先生を呼びに走る……。

麟太郎は慌ただしく動いた。

町医者の室井玄石は、眠る旅の初老の侍を診察した。

「うむ。どうやら積年の疲れが溜《たま》り、胃の腑《ふ》が弱って熱が出たようだな……」

玄石は、麟太郎の用意した手水《ちょうず》を使いながら告げた。

「胃の腑が弱って……」

麟太郎は眉《まゆ》をひそめた。

「ああ。ま、暫《しば》く酒を止《や》めて養生し、煎じ薬を飲めば、落ち着くだろう」

「そうですか……」

「じゃあ、今夜の煎じ薬は此処に置いておく、明日からの分は明日取りに来なさい」

玄石はそう云い残し、人形町《にんぎょうちょう》の家に帰って行った。

「ありがとうございました」

麟太郎は見送り、煎じ薬を作りながら旅の初老の侍の額を濡れ手拭《てぬぐ》いで冷やした。

「済まぬ……」

旅の初老の侍は、嗄《しわが》れ声で告げた。

「やあ、気が付かれましたか……」

麟太郎は笑い掛けた。

「御造作をお掛け致した……」

旅の初老の侍は、起き上がろうとした。

「まあ、無理はしないで、今夜は我が家に泊ると良いです」

麟太郎は笑い掛けた。

「そのような、御迷惑を……」

旅の初老の侍は遠慮した。

「迷惑なら最初から我が家に運び、医者など呼びませんよ」

麟太郎は苦笑した。

「ならば、お言葉に甘えて……」

旅の初老の侍は、麟太郎に頭を下げた。

「ええ。困った時はお互い様ですよ」

「私は風間左門《かざまさもん》。信濃《しなの》浪人です……」

旅の初老の侍は名乗った。

「風間左門さんですか。私は青山《あおやま》麟太郎です」

「青山麟太郎さんですか、御厄介《ごやっかい》になります」

風間左門は、麟太郎に深々と頭を下げた。

「ま。今夜は玄石先生の置いて行ってくれた薬湯《やくとう》を飲んでゆっくり休んで下さい」
麟太郎は笑った。

風間左門は、薬湯を飲み、疲れた寝息を立てて眠った。
麟太郎は、左門の枕元近くに置いてある大刀を手にした。
大刀の柄巻《つかまき》は僅かに変色し、鞘《さや》の塗《ぬり》は剝《は》げ掛かっていた。
古く使い込んだ刀だ……。
麟太郎は、刀の鯉口《こいぐち》を切り、静かに引き抜いた。
引き抜かれた刀身は、鈍色《にびいろ》に輝いた。
麟太郎は刀身を見た。
鈍色に輝く刀身は、見た目の割りには刃毀《はこぼ》れもなく綺麗《きれい》に手入れが行き届いていた。
見事だ……。
麟太郎は、刀を静かに鞘に納め、眠る左門の枕元に置いた。
左門は、眠り続けた。
麟太郎は、手入れの行き届いた刀に風間左門の武士としての矜持《きょうじ》と人柄を見た。

行燈の火は瞬《またた》いた。

翌朝。

麟太郎は、八百屋《やおや》に走って前の日の残り野菜と卵を買い、残り飯で卵雑炊《ぞうすい》を作って風間左門に食べさせた。

風間左門は熱も下がり、麟太郎と卵雑炊を美味《うま》そうに食べた。

「美味い……」

「そいつは良かった。お代わりは……」

「八分目にしておきます」

「そうですか……」

「処《ところ》で麟太郎さん、お仕事は……」

左門は訊《き》いた。

「えっ。仕事ですか……」

「ええ。差支《さしつか》えなければ……」

「私は閻魔堂赤鬼《あかおに》って筆名で絵草紙を書いている戯作者ですよ」

麟太郎は、卵雑炊を掻《か》き込んだ。

「ほう。絵草紙の戯作者なんですか……」

左門は、麟太郎に物珍しそうな眼を向けた。

「余り売れちゃあいませんがね……」

麟太郎は苦笑した。

「いえいえ。そうですか、戯作者ですか……」

左門は感心した。

「処で左門さんは旅をして来たようですが……」

「え、ええ……」

「江戸には、何しに……」

麟太郎は尋《たず》ねた。

「人を捜《さが》しに来ました」

「ほう。人捜しですか……」

「ええ。知り合いの倅《せがれ》なんですがね……」

「知り合いの倅……」

「十年前に国許を出て以来、消息を絶っていたんですが、半年前に江戸は浅草寺《せんそうじ》の境内で見掛けたと云《い》う者がいましてね。それで、捜しに来たんですが……」

「浅草寺の境内ですか……」

「ええ。倅は二十五歳なんですが、同じ年頃の者たちと一緒にいたそうでしてね」

左門は眉をひそめた。

「二十五歳ですか……」

「ええ……」

「ならば、十五の歳に国許を出たのですか……」

麟太郎は読んだ。

「ええ。で、国許で母親が病で倒れましてね。一刻も早く国許に帰れと報せに……」

「国許は何処《どこ》ですか……」

「信濃の上田《うえだ》藩です」

「上田藩、知り合いの倅の名は……」

「麟太郎さん……」

左門は、麟太郎に怪訝《けげん》な眼を向けた。

「絵草紙を書き終えたばかりで、ちょいと暇でしてね。それに、信濃から出て来たばかりの左門さんに浅草《あさくさ》は荷が重すぎます。先《ま》ずは、私が浅草寺に行ってみますよ」

麟太郎は笑った。

「遠慮は無用です。左門さんは此処でゆっくりしていて下さい。で、知り合いの倅の名前は……」

左門は慌てた。

「そんな……」

麟太郎は尋ねた。

「はい。相良恭之介《さがらきょうのすけ》です」

「信濃は上田の出で、歳《とし》は二十五の相良恭之介ですね」

「は、はい……」

左門は頷《うなず》いた。

「見た目に此《こ》れと云った特徴は……」

「そうですね。背が高くて痩せており、総髪だそうですが……」

「背が高く、痩せて総髪。二十五歳の相良恭之介……」

麟太郎は、笑みを浮かべた。

金龍山浅草寺《きんりゅうざん》の境内は、多くの参拝客や見物客で賑《にぎ》わっていた。

麟太郎は、本堂に手を合わせて境内を眺めた。

行き交う多くの者の中に、背が高く痩せて総髪の相良恭之介がいるのかもしれない……。

麟太郎は、それらしい風体の二十五歳の若い侍を捜す事にした。

境内の片隅にある茶店は、参拝帰りの客で賑わっていた。

麟太郎は、縁台に腰掛けて茶を飲みながら行き交う者を眺めた。

相良恭之介は、背の高い痩せた二十五歳の若い侍だ。

二十四、五歳だが背が低く小太り……。

背が高く痩せているが三十歳過ぎ……。

条件に合う若い侍は、中々《なかなか》見付からなかった。

「喧嘩《けんか》だ。喧嘩……」

雑踏の中から男の声が上がり、人々が一方を見て動いた。

喧嘩……。

麟太郎は、茶代を置いて縁台から立ち上がった。

「退《ど》け、退け……」

町奉行所同心と岡《おか》っ引《ぴき》たちが駆け去った。

麟太郎は続いた。

旗本御家人の倅らしい二人の侍が、二人の浪人と博奕《ばくち》打ちらしい男たちに殴られ、蹴られて頭を抱えて転《ころ》げ廻《まわ》っていた。

「何をしている。止めろ……」

同心と岡っ引たちが駆け寄った。

二人の浪人と博奕打ちらしい男たちは、一斉《いっせい》に逃げた。

同心は、倒れている二人の旗本御家人の倅に駆け寄り、岡っ引たちが二人の浪人と博奕打ちらしい男を追った。

背の高い痩せた若い侍……。

麟太郎は、逃げた二人の浪人の一人が背の高い痩せた若い男だと気が付いた。

まさか……。

麟太郎は、微かな戸惑いを覚えた。

同心は、二人の旗本御家人の倅を助け起こしていた。そして、岡っ引たちが駆け戻って来た。

どうやら、二人の浪人と博奕打ちらしい男たちを見失い、逃げられたようだ。

麟太郎は、散り始めた野次馬の一人に声を掛けた。

「喧嘩をしていたのは、どう云う連中だ」

「やられたのは旗本御家人の馬鹿息子たちで、やったのは浅草界隈を縄張りにしている食詰《くいつめ》浪人と博奕打ちでね……」

「食詰浪人と博奕打ちか……」

「ええ。因縁を付けての強請集《ゆすりたか》り、界隈の嫌われ者ですよ」

野次馬の職人は、腹立たしげに吐《は》き棄《す》てて立ち去った。

麟太郎は、二人の食詰浪人と博奕打ちたちが逃げた方に進んだ。

二人の食詰浪人と博奕打ちたちは、浅草寺の東門から花川戸町《はなかわどちよう》に逃げたようだ。

麟太郎は東門を出た。


浅草花川戸町と浅草山之宿町《やまのしゆくまち》の通りに出た麟太郎は、辺りを見廻した。

辺りを行き交う者たちの中には、二人の食詰浪人と博奕打ちたちはいなかった。

麟太郎は、浅草寺の境内に戻った。


元浜町の閻魔堂は夕陽に照らされた。

「そうですか、相良恭之介らしい侍はいませんでしたか……」

風間左門は、微かな落胆を過《よ》ぎらせた。

「ええ。参拝客は溢《あふ》れる程いるんですが、背が高くて痩せた二十四、五歳の侍は中々いませんでしてね。偶《たま》にいても、名が違ったりしていましてね。中々……」

麟太郎は、評判の悪い食詰浪人の一人が条件に合う事は告げなかった。

「そうですか……」

「ええ。明日、又《また》行ってみますよ」

麟太郎は苦笑した。

「ならば、私も……」

左門は、身を乗り出した。

「いえ。左門さんは、らしい者が見付かってから首検《くびあらた》めに来て下さい」

麟太郎は告げた。

「そうですか……」

「じゃあ、晩飯を作りますか……」

麟太郎は立ち上がった。

　翌朝。

　麟太郎は、閻魔堂に手を合わせて出掛けようとした。

「麟太郎さん……」

　下《した》っ引《ぴき》の亀吉《かめきち》がやって来た。

「やあ。亀さん……」

　麟太郎は、笑顔で迎えた。

「荒物屋の旦那に聞いたんですが、行き倒れの旅の浪人の面倒を見ているんですってね……」

　亀吉は訊いた。

「ええ。ま、歩きながら……」

　麟太郎は、裏通りを浜町堀に向かった。

　亀吉は続いた。

「本当に困っている人を見ると、放って置けない質《たち》だから……」

　亀吉は苦笑した。

「名前は風間左門さん、信濃上田から人捜しに来ましてね……」

「人捜し……」

亀吉は眉をひそめた。

「ええ。知り合いの倅だそうでしてね……」

麟太郎は、話をしながら浜町堀を渡り、両国広小路に向かった。

両国広小路から神田川《かんだがわ》を渡り、蔵前《くらまえ》の通りを進むと浅草広小路だ。

麟太郎と亀吉は、話をしながら進んだ。


浅草寺の境内は賑わっていた。

麟太郎と亀吉は、境内の茶店で茶を飲みながら行き交う参拝客を眺めた。

「背が高くて痩せている二十五歳の相良恭之介さんですか……」

亀吉は、行き交う参拝客の中に若い侍を捜した。

「ええ。そいつが中々見付からなくて……」

麟太郎は茶を啜《すす》った。

「そうですねえ。背が高くて痩せている若い侍ねえ……」

背が高く痩せている若い侍は、中々見付からなかった。

偶に条件に合う若い侍がいても、名は相良恭之介ではなかった。

「いないものですねえ……」

亀吉は苦笑した。

「ええ……」

麟太郎は頷いた。

その時、本堂に向かう参拝客の中に縞《しま》の半纏《はんてん》を着た博奕打ち風の男がいた。

「あっ……」

麟太郎は、思わず声を上げた。

「どうしました……」

亀吉は、麟太郎に怪訝な眼を向けた。

「亀さん、あの縞の半纏を着た男、昨日、此処で背が高く痩せた若い浪人たちと、旗本御家人の倅を袋叩きにしていましてね」

「背が高く痩せた若い浪人と……」

「ええ。で、役人が来て逃げましてね……」

「ひょっとしたら、ひょっとしますか……」

「まあ。一応、確かめるって処ですか……」

「じゃあ、野郎を捕まえて、背が高く痩せた若い浪人の居場所を訊き出しますか……」

……」

亀吉は、笑みを浮かべて麟太郎の企てを読んだ。

「ええ……」

麟太郎は苦笑した。

「じゃあ……」

亀吉と麟太郎は、雑踏の中を縞の半纏を着た博奕打ち風の男を追った。

縞の半纏を着た博奕打ち風の男は、境内を抜けて東門に進んだ。

「東門を出ると花川戸町と山之宿町ですか……」

「ええ。昨日も岡っ引に追われて東門から逃げたようです」

「じゃあ……」

麟太郎と亀吉は、縞の半纏を着た博奕打ち風の男を追って歩調を速めた。

二

浅草寺東門を出ると幾つかの寺があり、花川戸町と山之宿町に出る。

縞の半纏を着た博奕打ち風の男は、花川戸町と山之宿町に向かった。

麟太郎と亀吉は、博奕打ち風の男に駆け寄った。

「な、何だい……」

博奕打ち風の男は、戸惑いを浮かべた。

「ちょいと面《つら》を貸して貰《もら》おうか……」

亀吉は十手《じって》を見せた。

「えっ……」

博奕打ち風の男は怯《ひる》んだ。

「良いから来な……」

亀吉は、博奕打ち風の男を傍の寺に連れ込もうとした。

刹那《せつな》、博奕打ち風の男は逃げた。

麟太郎が行く手に現れ、博奕打ち風の男の足を鋭く払った。

博奕打ち風の男は、麟太郎の足払いを受けて大きく跳んで転がった。

「野郎、嘗《な》めた真似《まね》をしやがって……」

亀吉は、博奕打ち風の男は張り飛ばし、寺の境内に引《ひ》き摺《ず》り込んだ。

博奕打ち風の男は、亀吉に土塀《どべい》に突き飛ばされて激突し、倒れ込んだ。

「手前《てめえ》、名前は何て云うんだ……」

亀吉は訊いた。

「し、知るか……」

博奕打ち風の男は、怒りと悔しさを滲《にじ》ませて横を向いた。

「そうか。じゃあ、名無しの権兵衛《ごんべえ》ってんで伝馬町《てんまちょう》の牢屋敷《ろうやしき》送りにしてやるぜ」

亀吉は凄《すご》んだ。

「俺が何をしたってんだ……」

博奕打ち風の男は、必死に抗《あらが》った。

「じゃあ、どうして逃げた」

「そ、それは……」

「叩《たた》けば埃《ほこり》が舞う身だからだろう。だったら、強請集りに強盗《たたき》に騙《かた》り、勾引《かどわかし》に人殺し。何でも好きな罪科を選ぶんだな。叶《かな》うように同心の旦那に頼んでやるぜ」

亀吉は、面白そうに笑った。

「寅吉《とらきち》、寅吉だよ……」

「偽名だったら只《ただ》じゃあ済まないぜ」

「偽名じゃあねえ。本当に寅吉ですぜ」

博奕打ち風の男は、観念して名乗った。

「博奕打ちの寅吉か……」

「ええ……」

寅吉は項垂《うなだ》れた。

「寅吉。昨日、浅草寺の境内で旗本御家人の倅を仲間と袋叩きにしたな」

麟太郎は尋ねた。

「ああ。でかい面をして旗本風を吹かせていたから、ちょいと甚振《いたぶ》ってやった」

寅吉は頷いた。

「その時、仲間に背が高くて痩せた若い浪人がいたな」

「えっ、ええ……」

寅吉は、戸惑いながら頷いた。

「名前は……」

「相良恭之介……」

寅吉は、探るように告げた。

「相良恭之介か……」

やはり、風間左門の捜している者だった。

麟太郎は、声を弾ませた。

「ああ。相良恭之介だけど、野郎、どうかしたんですかい……」

「どんな奴かな。相良恭之介は……」

麟太郎は、寅吉たち博奕打ちと連《つる》み、界隈の嫌われ者の仲間になっている相良恭之介に一抹《いちまつ》の不安を覚えた。

「相良恭之介は、聞く処によると敵討《かたきう》ちの旅の途中だそうですぜ」

寅吉は告げた。

「敵討ちの旅の途中……」

麟太郎は、意外な言葉に驚いた。

「麟太郎さん……」

亀吉は眉をひそめた。

「ええ。相良恭之介は誰の敵討ちの旅に出ているんだ」

「父親の敵。敵討ちだとか……」

「父親の敵。して寅吉、相良恭之介は敵を捜しているのか……」

「いいえ。敵討ちなんか、もうどうでも良いと云って俺たちと遊んでいますぜ」

寅吉は、侮《あなど》りと蔑《さげす》みの笑みを浮かべた。

「そうか。して、相良恭之介、今、何処にいるのだ」

鱗太郎は、厳しさを滲ませた。

「さあて、大抵《たいてい》はうちの貸元の賭場にいますが、塒《ねぐら》が何処かは聞いちゃあおりませ
ん」

寅吉は首を捻《ひね》った。

「じゃあ、貸元の名と賭場は何処にある」

「貸元は聖天《しょうでん》の長五郎《ちょうごろう》、賭場は橋場《はしば》の光明寺《こうみょうじ》って寺です」

寅吉は告げた。

「橋場の光明寺。今日もいるのか……」

鱗太郎は訊いた。

「さあ、分かりませんが、きっと……」

寅吉は頷いた。

「そうか……」

此《こ》れ迄《まで》だ……。

鱗太郎は、亀吉に目配せした。

亀吉は頷き、寅吉に対した。

「良いかい、寅吉。此の事が相良恭之介や仲間に知れては、お前も只《ただ》じゃあ済まない

筈《はず》だ。他言は無用だぜ」

亀吉は、寅吉を見据《みす》えて笑った。

「そ、そりゃあもう……」

寅吉は頷いた。

「よし。じゃあ此れ迄だ。行きな……」

亀吉は、寅吉を解放した。

寅吉は、足早に寺の境内から出て行った。

「いましたね。相良恭之介……」

「ええ。敵討ちの旅の途中ってのは驚きましたが……」

麟太郎は眉をひそめた。

「それにしても、相良恭之介。麟太郎さんが助けた風間左門さんの知り合いとは思えない奴ですね」

「ええ……」

亀吉は、戸惑いを浮かべた。

「どうします」

「橋場の光明寺に行ってみます」

　麟太郎は、厳しい面持ちで告げた。

　隅田川《すみだがわ》の流れは緩やかだった。

　浅草橋場町は、隅田川沿いに浅草花川戸町、山之宿町、金龍山下瓦町《かわらまち》、今戸町《いまどちょう》に続く町だった。

　麟太郎と亀吉は、橋場町の光明寺に急いだ。


　光明寺は、鏡《かがみ》ケ池《いけ》の近くにある古寺だった。

　麟太郎は境内を窺《うかが》った。

　境内には雑草が生え、掃除や手入れはされていなかった。

　亀吉が駆け寄って来た。

「分かりましたか……」

「ええ。住職が酒と女が好きな生臭《なまぐさ》で、檀家や寺男に逃げられ、金に困って本堂の裏の家作を博奕打ちの貸元聖天の長五郎に賭場に貸しているそうですぜ」

「じゃあ、裏門に廻ってみましょう」

　麟太郎と亀吉は、古く苔生《こけむ》した土塀沿いを裏門に廻った。

裏門の内側では、聖天一家の二人の三下が見張りをしていた。

麟太郎と亀吉は、木陰から見守った。

「此処に相良恭之介がいるのか……」

麟太郎は、裏門内の家作を眺めた。

「ええ。どうします」

亀吉は、麟太郎の出方を窺った。

「先ずは三下に訊いてみます」

麟太郎は、木陰を出て裏門内にいる二人の三下に近付いた。

亀吉は続いた。

裏門内の二人の三下は、麟太郎と亀吉を警戒する眼で迎えた。

「ちょいと尋ねるが、相良恭之介、此処の賭場にいると聞いて来たのだが、いるかな
……」

麟太郎は、家作を眺めた。

「えっ……」

「相良恭之介さんだよ」

亀吉は畳み掛けた。

「あっ。相良さんなら出掛けましたが……」

「出掛けた……」

「はい。竜次《りゅうじ》の兄貴と……」

「竜次の兄貴……」

麟太郎は眉をひそめた。

「何処に行ったのかな……」

「さあ、良く分かりませんけど、貸元の御用だとかで……」

三下は告げた。

相良恭之介は、貸元聖天の長五郎の用で博奕打ちの竜次と一緒に出掛けていた。

「そうか……」

麟太郎は落胆した。

「じゃあ、貸元の処に行ってみますか……」

亀吉は勧めた。

博奕打ちの貸元聖天の長五郎の家は、浅草聖天社の近くにあった。

麟太郎と亀吉は、花川戸町に戻る途中にある山谷堀《さんやぼり》に架かる今戸橋を渡り、浅草聖天町に急いだ。

「相良恭之介、敵討ちは止《や》めたって訊きましたが、博奕打ちと何をしているんですかね」

亀吉は眉をひそめた。

「そいつが気になります……」

麟太郎は、厳しさを滲ませた。

夕陽の映える山谷堀には、新吉原《しんよしわら》に行く客を乗せた舟が行き交っていた。

麟太郎と亀吉は、聖天社から博奕打ちの貸元聖天の長五郎の家を眺めた。

聖天の長五郎の家は雨戸が閉められ、静寂に包まれていた。

「どうやら、貸元の長五郎も何処かの賭場に行っているようですね」

亀吉は睨《にら》んだ。

「ええ。今日は此れ迄ですか……」

麟太郎は頷いた。

「ま、風間左門さんが捜している相良恭之介がいるのは分かったんです。それより麟太郎さん、相良恭之介が父親の敵討ちの旅の途中だと、風間左門さんは知っているんでしょうね」

「そりゃあ、知っているでしょう」

「じゃあ何故《なぜ》、そいつを麟太郎さんに云わなかったんですかね」

亀吉は、首を捻った。

「さあて、先ずは捜し出してからだと、思っているのかもしれません」

「そうですかね……」

亀吉は苦笑した。

「ええ。ま、今夜にも訊いてみますが……」

麟太郎は告げた。

夕陽は沈み、浅草の町は夕闇に覆われた。

閻魔長屋の家々には明かりが灯され、温かい笑い声が洩れていた。

麟太郎は、風間左門と晩飯を食べ終えて茶を啜《すす》っていた。

「して麟太郎さん、相良恭之介は……」

左門は訊いた。

「未だ見つかりませんが、相良恭之介を知っている者がいました……」

麟太郎は、相良恭之介が博奕打ちの聖天一家と拘《かかわ》っている事は内緒にした。

「そうですか……」

「ええ。ですが、相良恭之介の住まいは分らないそうでしてね。明日、又捜してみますよ」

「御造作をお掛けします」

「いいえ。それより、身体《からだ》の方は如何《いかが》です……」

「お陰さまで随分《ずいぶん》良くなりました。明日は麟太郎さんと一緒に……」

「いえ。そいつは未だ早い。左門さんは相良恭之介が見付かった時に出張《でば》って下さい」

「そうですか……」

「処で左門さん、相良恭之介を知る者の話では、相良恭之介、敵討ちの旅の途中だそうですね」

麟太郎は、左門を見据えた。

「お聞きになりましたか……」

左門は、微かに狼狽《うろた》えた。

「ええ……」

麟太郎は頷いた。

「本懐を遂げられずに続く十年の旅。余りにも気の毒でしてな。つい……」

「そうでしたか。ならば、詳《くわ》しい事を教えて頂けますか……」

「十年前、相良恭之介の父親軍兵衛《ぐんべえ》は酒の席で朋輩《ほうばい》と刃傷沙汰《にんじょうざた》になって斬り殺されましてね。斬った朋輩は逐電《ちくでん》し、十五歳だった恭之介は下男と敵討ちの旅に出たのです」

左門は、昔を思い出すように話した。

「父上の敵討ち……」

恭之介は、博奕打ちの寅吉に本当の事を話している。

麟太郎は知った。

「それから十年、恭之介は下男にも逃げられ、敵が見付からないまま旅を続けていると……」

左門は、恭之介を哀れむように告げた。

「そいつが左門さん、相良恭之介は敵討ちはもう止めたと云っているそうです」

麟太郎は告げた。

「敵討ちを止めた……」

左門は眉をひそめた。

「ええ。恭之介、知り合いの者などにそう云っているとか……」

「恭之介、父上の敵討ちを諦《あきら》めたか……」

左門は、厳しさを滲ませた。

「ま、父親の敵を追って十年もの間、当てのない旅を続けて来て嫌になったのも分らなくはありませんがね……」

麟太郎は、恭之介に同情した。

「ですが、上田の国許では、恭之介が本懐を遂げて帰るのを待っている者がいるのです」

「それはそうでしょうが、父親を斬った朋輩、敵が諸国を逃げ廻っている限りは……」

「仕方がありませんか……」

「ええ。十五の歳からの十年間、恭之介は当てのない辛《つら》くて虚《むな》しい旅を続けて来たのです。もう嫌になっても不思議はありません」

麟太郎は告げた。

「そうですな……」

左門は、父親を斬った敵を探して虚しく辛い刻《とき》を過ごして来た恭之介に想いを馳せた。

「相良恭之介、気の毒な者かもしれない……」

麟太郎は、博奕打ちと一緒に旗本御家人の倅たちを甚振っている恭之介を思い浮かべた。

行燈の火は不安気に瞬いた。


金貸し勘三郎《かんざぶろう》は、若い妾《めかけ》のおつやと半裸で絡み合っている時に襲われた。

半纏を着た中年の男は、薄笑いを浮かべた。

「お、お前は竜次……」

勘三郎は、半纏を着た中年の男を見て驚き、竜次と呼んだ。

「勘三郎の旦那、長五郎の貸元の借用証文を渡して頂けませんかね……」

竜次は笑い掛けた。

「貸した金を返さない内は、借用証文、渡す訳にはいきませんよ」

勘三郎は、嗄《しわが》れ声を震わせた。

「旦那、どうあっても渡して頂けませんかい」

「ああ。渡しませんよ……」

「じゃあ、仕方がねえな……」

竜次は、背後を振り返った。

痩せて背の高い若い浪人が、暗がりから現れた。

「な、何ですか、お前さんは……」

勘三郎は、声を引き攣《つ》らせた。

刹那、痩せて背の高い若い浪人は、刀を抜き打ちに閃《ひらめ》かせた。

勘三郎と妾のおつやは、斬られた胸から血を飛ばして倒れた。

「相変わらず、見事な腕だね……」

竜次は感心した。

痩せて背の高い若い浪人は、冷ややかな笑みを浮かべた。

朝、腰高障子《こしだかしょうじ》が叩かれた。

「麟太郎さん、あっしです。麟太郎さん……」

亀吉の声がした。

「おう。只今、只今……」

麟太郎は、寝乱れた寝間着を直しながら腰高障子を開けた。

亀吉がいた。

「どうしました。亀さん……」

「ちょいと……」

亀吉は、薄暗い家の中にいる風間左門を気にしながら麟太郎に目配せをした。

麟太郎は頷き、外に出て腰高障子を閉めた。

左門は、煎餅蒲団に起き上がり、不安を滲ませた。


亀吉は、麟太郎を閻魔堂の前に連れ出した。

「何かあったんですか……」

「昨夜、元鳥越町《もととりごえちょう》の金貸し勘三郎と妾のおつやが斬り殺されましてね」

「金貸し勘三郎と妾のおつや……」

「ええ。で、妾のおつやが死ぬ間際、やったのは博奕打ちの竜次と若い浪人だと……」

亀吉は、厳しい面持ちで告げた。

「竜次と若い浪人……」

麟太郎は眉をひそめた。

三

博奕打ちの竜次と一緒にいた若い浪人は、相良恭之介かもしれない。

いや、相良恭之介なのだ……。

麟太郎と亀吉は睨んだ。

だが、その証拠は何もない。

南町奉行所臨時廻り同心梶原八兵衛《かじわらはちべえ》は、岡っ引の連雀町《れんじゃくちょう》の辰五郎《たつごろう》と下っ引の亀吉を従え、浅草聖天町の博奕打ちの貸元長五郎の家に向かった。

麟太郎は続いた。

「何でしょうか、梶原さま……」

聖天の長五郎は、肥った身体を揺らして框《かまち》に座り、肉付きの良い頬《ほお》を緩めてわざとらしい笑みを作った。

「長五郎、身内の竜次を引き渡して貰おう……」

梶原は、長五郎を厳しく見据えた。

「梶原さま、竜次はとっくに一家から暇を出しましてね。あっしの身内でも何でもありませんよ」

長五郎は笑った。

「じゃあ、此処にはいないんだな……」

「はい。何でしたら家探《やさが》しでも何でも……」

長五郎は、誘うように笑った。

「それには及ばない……」

梶原は苦笑した。

「そうですかい……」

「その代わり長五郎。竜次の金貸し勘三郎殺しにお前が拘っているとなった時は、情け容赦はしねえ。ま、首を洗って待っているんだな」

梶原は、嘲笑《ちょうしょう》を浮かべた。

「は、はい……」

長五郎は、ぞっとした面持ちで頷いた。

「じゃあな。引き上げるぜ……」

梶原は、辰五郎と亀吉、麟太郎を促して長五郎の家を出た。

僅かな刻が過ぎた。

聖天の長五郎の家から博奕打ちの寅吉が現れ、辺りを見廻して花川戸町に向かった。

麟太郎と亀吉が物陰から現れた。

「寅吉ですよ」

麟太郎は見定めた。

「さあて、寅吉。何処に行くのか……」

亀吉は苦笑した。

「竜次の処だと良いんですがね……」

「違ったら違った時です。追ってみましょう」

亀吉は、足早に行く寅吉の後ろ姿を見据えて追った。

麟太郎は続いた。

寅吉は、花川戸町から浅草広小路に出て東本願寺《ひがしほんがんじ》に向かった。そして、東本願寺から新寺町《しんてらまち》を抜け、下谷《したや》に進んだ。

麟太郎と亀吉は、交代しながら巧みに尾行《つけ》た。

寅吉は、下谷広小路から神田明神《かんだみようじん》の門前町《もんぜんちよう》に進んだ。そして、門前町の盛り場の隅にある開店前の小料理屋の前に佇《たたず》み、辺りを油断なく見廻した。

麟太郎と亀吉は、物陰から寅吉を見守った。

寅吉は、小料理屋の格子戸を小さく叩いた。

小料理屋から年増の女将《おかみ》が顔を見せ、寅吉を店の中に招き入れ、格子戸を閉めた。

麟太郎と亀吉は見届けた。

「竜次、隠れているんですかね。あの小料理屋に……」

麟太郎は眉をひそめた。

「どんな店か、ちょいと訊いて来ます」

亀吉は、居酒屋の表を掃除している若い衆に駆け寄って行った。

麟太郎は、小料理屋を見張った。

「ああ。小料理屋のお多福《たふく》ですかい……」

若い衆は、掃除の手を止めて寅吉の入った小料理屋を一瞥《いちべつ》した。

「ああ。女将さん、どんな女かな……」

亀吉は訊いた。

「どんなって、おなつさんって云いましてね。気風《きっぷ》の良い年増ですよ」

「気風の良い年増の女将ですかい。で、情夫《おとこ》はいるのかな……」

「そりゃあもう。何処かの博奕打ちが情夫だって話ですぜ」

「博奕打ち……」

亀吉は眉をひそめた。

小料理屋『お多福』の女将おなつの情夫は、博奕打ちの竜次なのだ。

寅吉は、やはり竜次に逢いに来たのだ。

亀吉は睨んだ。


「そうですか、お多福の年増の女将、竜次の情婦《おんな》ですか……」

「ええ。間違いありませんよ」

「じゃあ、竜次の他に相良恭之介も潜んでいるんですかね……」

麟太郎は、小料理屋『お多福』を見詰めた。

「さあ、そいつはどうですかね……」

亀吉は、首を捻った。
小料理屋『お多福』の格子戸が開き、寅吉が年増の女将おなつに見送られて出て来た。
麟太郎と亀吉は、物陰から見守った。
寅吉は、おなつと短く言葉を交わして帰って行った。
「聖天町に帰るのでしょう。此のままお多福を見張りましょう」
亀吉は告げた。
「ええ……」
麟太郎は頷いた。
半刻《はんとき》（約一時間）が過ぎた。
小料理屋『お多福』の格子戸が開き、女将のおなつが出て来て辺りを油断なく窺った。
麟太郎と亀吉は見守った。
おなつは、辺りに不審な者がいないと見定め、店の中に声を掛けた。
菅笠《すげがさ》を目深《まぶか》に被った男が現れ、おなつに声を掛けて足早に歩き出した。
おなつは、心配そうな面持ちで見送った。

「竜次ですね」

「きっと……」

麟太郎と亀吉は、菅笠を目深に被った竜次を追った。

竜次は、明神下の通りに出て足早に不忍池《しのばずのいけ》に向かった。

「竜次、寅吉からお上《かみ》の手が廻ったと聞いて江戸から逃げるつもりですかね」

麟太郎は読んだ。

「ええ。きっと下谷広小路から入谷《いりや》の奥州街道《おうしゅうかいどう》裏道から千住《せんじゅ》に抜けて、江戸の朱引きの内から逃げ出す気ですぜ」

亀吉は睨んだ。

竜次は、足早に不忍池に向かっていた。

「どうします」

麟太郎は、亀吉の出方を訊いた。

「金貸し勘三郎と妾のおつや殺し、不忍池の畔《ほとり》でお縄にしたいものです」

亀吉は、竜次の後ろ姿を見据えて告げた。

「分かりました。先廻りをします」

麟太郎は頷いた。

「ええ……」

「じゃあ……」

麟太郎は、裏路地に走り込んだ。

亀吉は、竜次を追った。


不忍池には水鳥が遊び、水飛沫《みずしぶき》が煌《きら》めいていた。

竜次は、不忍池の畔を下谷広小路に進んだ。

よし……。

亀吉は、足取りを速めた。

竜次は、亀吉に気が付いて逃げた。

麟太郎が現れ、行く手を塞《ふさ》いだ。

竜次は、懐の匕首《あいくち》を抜いて構えた。

「博奕打ちの竜次。金貸し勘三郎と妾のおつや殺しでお縄にする。神妙にしな」

亀吉は、十手を構えた。

「煩《うる》せえ……」

竜次は、匕首を構えて亀吉に突き掛った。

亀吉は躱《かわ》し、竜次の匕首を握る腕を十手で鋭く打ち据えた。

竜次は、匕首を落とし、身を翻《ひるがえ》して逃げた。

麟太郎が飛び掛かり、素早く腕を取って一本背負いを打った。

竜次は、宙を舞い、地面に激しく叩き付けられて苦しく呻いた。

亀吉は、倒れた竜次を蹴り飛ばし、馬乗りになって捕り縄を打った。

「竜次、一緒に勘三郎を襲った浪人の相良恭之介は何処にいる」

麟太郎は訊いた。

「し、知らねえ……」

竜次は抗った。

「知らねえだと、惚《とぼ》けるな」

亀吉は、竜次の頰を張り飛ばした。

「本当だ。相良は勘三郎と妾を斬った後、俺と別れて逃げたんだ」

「何処に……」

「だから、知らねえって……」

「本当か……」

「ああ。町奉行所の手の届かねえ処に隠れるって。本当だ」

竜次は、必死に叫んだ。

「麟太郎さん……」

「どうやら、嘘偽《うそいつわ》りじゃあなさそうですね」

麟太郎は頷いた。

「ええ……」

亀吉と麟太郎は、竜次を大番屋に引き立てた。

梶原八兵衛は、連雀町の辰五郎と亀吉たちと相良恭之介捜しを急いだ。


麟太郎は、閻魔堂に手を合わせて閻魔長屋の家に戻った。

家の腰高障子は開けられ、風間左門が家の中の掃除をしていた。

「あれ。身体の具合、もう良いんですか……」

「ああ。お帰りなさい。お陰さまでもう大丈夫です」

左門は、煎餅蒲団を片付けて掃除を続けた。

「そいつは良かったですが、掃除は良いですよ」

麟太郎は苦笑した。

「いやいや、充分に養生しました。せめてものお礼ですよ」

左門は笑った。

「じゃあ、俺は晩飯の仕度をします」

麟太郎は、買い物に向かった。


「さあ、出来ました」

麟太郎は、具材の煮えた鳥鍋を火鉢《ひばち》の五徳《ごとく》の上に置き、蓋《ふた》を取った。

鳥鍋は、湯気を大きく立ち昇らせた。

「此奴《こいつ》は美味そうだ」

「ええ。味は保証しますよ」

麟太郎は、椀に鳥肉や野菜を取り分けて左門に差し出した。

「忝《かたじけな》い。頂きます」

左門は、鳥鍋を食べ始めた。

「美味い……」

「そいつは良かった」

麟太郎と左門は、鳥鍋を食べた。

刻が過ぎた。

鳥鍋は空になった。

麟太郎と左門は、鳥鍋を食べ終えて茶を啜った。

「それで麟太郎さん。相良恭之介は如何《どう》なっていますか……」

左門は、茶を置いて麟太郎を見詰《みつ》めた。

「そいつなんですがね、左門さん。今、相良恭之介には金貸し殺しの疑いが掛かっていましてね……」

麟太郎は、云い難そうに告げた。

「金貸し殺しの疑い……」

左門は驚いた。

「はい……」

「相良恭之介が人を殺した……」

左門は呆然《ぼうぜん》とした。

「はい。浅草の博奕打ちたちと……」

「恭之介……」

左門は、驚きと怒り、悔しさと哀しさを交錯させた。

「それで相良恭之介、姿を消してしまい、南町奉行所が追っています」

麟太郎は告げた。

「そうでしたか……」

左門は、狼狽《ろうばい》から立ち直り始めた。

「はい……」

「で、恭之介は……」

「一緒に金貸しを襲った博奕打ちの話じゃあ、お上の手の届かない処に隠れると云って別れたそうです」

「お上の手の届かない処ですか……」

左門は眉をひそめた。

「何か心当たりはありますか……」

「いえ。心当たりなど……」

左門は、厳しい面持ちで首を横に振った。

「そうですか……」

麟太郎は頷いた。

「それにしても恭之介、そこ迄、腐り果てましたか……」

左門は、怒りと悔しさを滲ませた。

「左門さん、恭之介とどのような拘りなのかは知りませんが、もう捜すのは止めた方がいいかもしれませんよ」

麟太郎は勧めた。

「ええ……」

左門は頷いた。

「それにしても相良恭之介、十五の歳に父親の酒席での愚行で虚しい生涯を決められたのには同情しますよ」

麟太郎は、相良恭之介を哀れんだ。

「そうですね……」

左門は、哀し気に項垂れた。

「じゃあ、片付けますか……」

麟太郎は、空になった鍋に椀や箸《はし》を片付け、井戸端に向かった。

満天の星だった。

麟太郎は、井戸端で鍋や椀を洗った。

閻魔長屋の家々に灯された明かりは温かく、鍋や椀を洗う井戸水は冷たかった。

相良恭之介の生涯を捻《ね》じ曲げた父親の一件は、斬り棄てて敵持ちになって逐電した朋輩の生涯も思わぬ方に引き摺り込んだ。

恭之介に父の敵として追われた朋輩は、どのような者で今は何処で何をしているのだ。

左門は知っているのか……。

何《いず》れにしろ左門に訊くしかない……。

麟太郎は、洗った鍋や椀を持って家に戻った。

風間左門はいなかった。

麟太郎が洗った鍋や椀を持って家に戻った時、風間左門は刀と少ない荷物を持って既《すで》に姿を消していた。

「左門さん……」

麟太郎は、戸惑いを浮かべて家を飛び出した。

木戸から駆け出して来た麟太郎は、裏通りの左右を見廻した。

裏通りに人影は見えなかった。

左門さん……。

麟太郎は、月明かりの差し込む閻魔堂の堂内を覗いた。

閻魔堂の堂内には、眼を剝《む》いた閻魔王が蒼白い月明かりを浴びて鎮座しているだけだった。

風間左門は何故《なにゆえ》に姿を消したのか……。

そして、何処に行ったのか……。

麟太郎は立ち尽くした。

四

十年前、信濃国上田藩で起こった相良軍兵衛斬殺はどのようなものだったのか……。

麟太郎は、それを知る手立てを思案した。

一番の手立ては、駿河台《するがだい》にある信濃国上田藩江戸上屋敷の者に訊く事だ。だが、一介の浪人に過ぎない麟太郎が訪れて答えて貰える筈はない。

さあて、どうする……。

敵討ちなら、町奉行所に届け出されているかもしれない。

麟太郎は、南町奉行所臨時廻り同心の梶原八兵衛に尋ねる事にした。


南町奉行所は表門を八文字に開け、多くの人が出入りしていた。

麟太郎は、表門の番士に梶原八兵衛に逢いたいと申し入れた。だが、梶原は出掛けていて留守だった。

博奕打ちの竜次の取り調べと相良恭之介探索に忙しいのだ。

駄目か……。

麟太郎は、南町奉行所を出ようとした。

「やあ。麟太郎どの……」

麟太郎は、己《おのれ》の名を呼ぶ声に振り返った。

内与力《うちよりき》の正木平九郎《まさきへいくろう》がいた。

「これは正木さま……」

「何か御用ですか……」

平九郎は、麟太郎に笑い掛けた。

「はい。実は……」

麟太郎は、南町奉行所に来た理由を話し始めた。

「して、その敵討ち、町奉行所に届け出されていたのか……」

根岸肥前守《ねぎしひぜんのかみ》は、報せに来た正木平九郎に尋ねた。

「いいえ。かつて届け出された記録はあるのですが……」

平九郎は眉をひそめた。

「今は分らぬか……」

「はい。麟太郎どのの話では、その敵討ちの一件、今、梶原八兵衛が追っている金貸し勘三郎と妾のおつや殺しの相良恭之介の行方《ゆくえ》を突き止める為に必要な事かもしれぬと……」

「そうか。ならば平九郎、どうしたら良い」

肥前守は、平九郎に笑い掛けた。

「はい。手前が麟太郎どのを伴って上田藩江戸上屋敷を訪れ、御留守居役《おるすいやく》と逢うのが一番かと存じます」

「うむ。平九郎、造作を掛けるが、そうしてやってくれ」

「心得ました。では……」

平九郎は、肥前守に平伏して座敷から退出して行った。

「麟太郎、相変わらず忙しい奴だな……」

肥前守は苦笑した。


駿河台の大名旗本の屋敷街は、静けさに覆われていた。

麟太郎は、正木平九郎と共に上田藩江戸上屋敷を訪れた。

麟太郎と平九郎は、書院で上田藩江戸留守居役の牧野《まきの》帯刀《たてわき》と逢った。

「十年前、国許であった相良軍兵衛斬殺の一件ですか……」

牧野は眉をひそめた。

「如何《いか》にも。相良軍兵衛が朋輩と酒を飲んで争いになり、斬り棄てられたそうですな」

平九郎は尋ねた。

「左様。愚かな真似をしたものです」

牧野は、腹立たし気に告げた。

「仔細《しさい》をお教え戴きたい……」

「十年も昔の事ではっきりしない処もありますが、相良軍兵衛、朋輩に素行を窘《たしな》められて激高し、襲い掛かって逆に斬り棄てられたと云う処ですか……」

牧野は、相良軍兵衛に同情していないのか、突き放した云い方だった。

「相良軍兵衛を斬った朋輩とは……」

麟太郎は尋ねた。

「目付《めつけ》の風間左門と申す者です」

牧野は告げた。

「風間左門……」

麟太郎は驚いた。

相良恭之介が父の敵として追っていた相手は、風間左門だったのだ。

「左様。風間左門、目付として家中の取締りをしており、相良軍兵衛の素行の乱れを普段から窘めており、怒りを買ったのでしょう」

「それで、相良軍兵衛に襲われましたか……」

平九郎は読んだ。

「おそらく……」

牧野は頷いた。

「して、相良軍兵衛を斬った風間左門は……」

麟太郎は尋ねた。

「直《す》ぐに上田から逐電しましてな。相良の親類が軍兵衛の十五歳になる嫡男恭之介を敵討ちの旅に出したのです」

「それから十年ですか……」

平九郎は、吐息を洩らした。

麟太郎と平九郎は、上田藩江戸上屋敷を辞した。

「相良恭之介の潜む場所の手掛かり、何かありましたか……」

平九郎は尋ねた。

「いいえ。残念ながら……」

「そうですか……」

「それより正木さま。敵の風間左門、何故か討手《うって》の相良恭之介を捜していましてね」

麟太郎は眉をひそめた。

「風間左門が相良恭之介を……」

「はい。私は捜す手伝いをしていたのです……」

「そうでしたか。風間左門、捜し出して返り討ちにする気だったのか。十五の歳から十年もの間、敵討ちの旅をしている相良恭之介を哀れんだのかもしれませんな」

平九郎は、左門の腹の内を読んだ。

「ええ。ですが、風間左門がそう思った時には、相良恭之介は敵討ちを諦め、博奕打ちの手先になって人を殺す外道《げどう》に成り下がっていました……」

「風間左門はそれを知り、哀れみを棄てて姿を隠しましたか……」

平九郎は読んだ。

「はい。そうかもしれません……」

麟太郎は頷いた。


麟太郎は、正木平九郎を南町奉行所に送って別れた。

「麟太郎さん……」

亀吉が駆け寄って来た。

「やあ。亀さん……」

「正木さまと一緒だったんですか……」

「ええ。上田藩江戸上屋敷に一緒に行って貰いました」

「上田藩江戸上屋敷に……」

「ええ。実は亀さん、左門さんが昨夜いなくなりましてね」

「左門さんが……」

亀吉は戸惑った。

「ええ。で、十年前の相良軍兵衛の一件の仔細を訊きに行ったんですが……」

麟太郎は眉をひそめた。

「何か……」

亀吉は、怪訝な眼を向けた。

「十年前、相良軍兵衛を斬ったのは、風間左門さんだったのです」

「じゃあ、相良恭之介の父親の敵は、風間左門さん……」

亀吉は驚いた。

「ええ……」

麟太郎は頷いた。

「そうだったんですか……」

「ええ。それで亀さん、相良恭之介が隠れている場所の手掛かり、摑《つか》めましたか……」

「そいつが中々……」

「そうですか……」

「ええ。今頃、相良恭之介、お上の手の届かない処でのうのうとしてんですよ」

亀吉は、苛立《いらだ》ちを滲ませた。

「お上の手の届かない処ですか……」

「ええ……」

「町奉行所の手の届かない処となると……」

「町奉行所の支配違いの旗本御家人、大名家の屋敷、寺や神社ですか……」

亀吉は告げた。

「亀さん……」

麟太郎は、緊張を滲ませた。

「まさか、信濃国上田藩の江戸屋敷に……」

亀吉は、麟太郎の緊張を読んだ。

「ええ。それも上屋敷ではない……」

麟太郎は読んだ。

「じゃあ、中屋敷か下屋敷。ですが、敵討ちを止めた今、おめおめと行きますかね」

亀吉は首を捻った。

「敵討ちを止めたと未だ藩に云っていないか、昵懇《じっこん》にしている者がいるとか……」

麟太郎は読んだ。

「そうか……」

亀吉は頷いた。

「もし、そうだとしたら……」

麟太郎は気が付いた。

「亀さん。上田藩の江戸中屋敷と下屋敷は何処ですかね……」

麟太郎は訊いた。

「誰かに訊いて来ます」

亀吉は、同心詰所《つめしょ》に走った。

「まさか、左門さん……」

麟太郎は、微かな焦《あせ》りを過《よ》ぎらせた。

信濃国上田藩江戸上屋敷は駿河台、中屋敷は深川高橋《ふかがわたかばし》と本郷御弓町《ほんごうおゆみちょう》、下屋敷は青山《あおやま》久《く》保町《ぼちょう》、深川扇橋《おうぎばし》、湯島天神下《ゆしまてんじんした》などにあった。

「先ずは、湯島天神下の下屋敷、本郷御弓町の中屋敷に行ってみますか……」

亀吉は、数寄屋橋《すきやばし》にある南町奉行所から近い処から調べる事にした。

麟太郎は頷き、亀吉と共に湯島天神下の上田藩江戸下屋敷に向かった。


上田藩江戸下屋敷は、湯島天神下の通りにある小さな大名屋敷だ。

亀吉は、上田藩江戸下屋敷の渡り中間《わたりちゅうげん》を呼び出し、金を握らせた。

渡り中間は日傭取り《ひようと》であり、奉公人と違って雇い先に忠義心などない。

「相良恭之介って二十五歳で痩せた背の高い浪人……」

渡り中間は、渡された金を握り締めた。

「ああ。下屋敷に潜り込んでいないかな」

麟太郎は訊いた。

「そいつなら此処にはいないよ」

「いない……」

「ああ。仲間の渡り中間の話じゃあ、痩せた背の高い浪人、本郷御弓町の中屋敷の侍長屋にいるそうだぜ」

渡り中間は笑った。

本郷御弓町は、湯島天神裏の切通しを抜けると近い。

「本郷御弓町の中屋敷。麟太郎さん……」

「ええ。今の話、他の誰かにも話したか……」

麟太郎は、渡り中間に訊いた。

「ああ。五十ぐらいの旅の浪人さんが訊いて来たので、教えてやったよ」

渡り中間は笑った。

「亀さん、左門さんです……」

麟太郎は本郷御弓町に走った。

亀吉は続いた。

風間左門は、討手の相良恭之介を捜し、逸早《いちはや》く知った。

そして、何かを企てている……。

麟太郎は、焦りを覚えながら走った。


本郷御弓町に上田藩江戸中屋敷があった。

風間左門は、表門を閉じた中屋敷を懐かしそうに眺めた。

表門脇の潜り戸が開き、中屋敷詰めの若い家来が出て来た。

「元家臣の風間左門か……」

若い家来は、左門を厳しく見据えた。

「如何にも、風間左門だ。相良恭之介が潜んでいるなら尋常の勝負をしようと、伝えろ」

左門は笑い掛けた。

「あ、ああ……」

若い家来は頷き、潜り戸から屋敷に戻った。

相良恭之介はいた……。

左門は、小さな吐息を洩らした。

「左門さん……」

麟太郎と亀吉が駆け寄って来た。

「麟太郎さん……」

左門は、微かな困惑を過ぎらせた。

表門が軋《きし》みを鳴らして開き、相良恭之介と若い家来たちが出て来た。

麟太郎と亀吉は立ち止まり、見守った。

「風間左門……」

恭之介は、嘲笑を浮かべた。

「相良恭之介か……」

左門は、懐かしそうに笑い掛けた。

「ああ。今頃、何用だ……」

「おぬしに敵と追われて十年が過ぎ、そろそろ討たれてやろうと思ったのだが、そうもいかぬようだな」

左門は苦笑した。

「何……」

「私は十年間、軍兵衛の倅のおぬしを斬りたくなくて逃げ廻った。だが、それは外道を作り出してしまったようだ」

左門は、恭之介を厳しく見据えた。

麟太郎と亀吉は見守った。

「黙れ、風間左門。父、相良軍兵衛の敵、討ち果たしてくれる」

恭之介は、身構えて刀の鯉口《こいぐち》を切った。

「今更《いまさら》、敵討ちとはな……」

左門は冷笑し、刀を握り締めて恭之介に向かって踏み出した。

「おのれ……」

恭之介は、近付く左門に猛然と斬り掛かった。

左門は踏み込み、抜き打ちに恭之介の刀を弾いて躱し、素早く体を入れ替えた。

恭之介は、慌てて振り返って刀を構えた。

刹那、左門の振り向き様《ざま》の一刀が放たれた。

閃光《せんこう》が走った。

恭之介は、呆然とした面持ちで立ち竦《すく》んだ。

左門は、恭之介を見据えて残心の構えを取った。

麟太郎は眼を瞠《みは》り、亀吉は喉を鳴らした。

次の瞬間、恭之介は首の血脈から血を噴き上げ、崩れ落ちるように倒れた。

「さ、相良……」

「恭之介……」

若い家来たちは、狼狽えながらも左門を取り囲んだ。

次の瞬間、左門は地面に座り、刀を腹に突き立てようとした。

「待って下さい。左門さん……」

麟太郎が若い家来を突き飛ばし、左門の刀を握る腕にしがみ付いた。

「見逃して下さい、麟太郎さん。私は外道を作り出した責を取らねばならぬ……」

左門は告げた。

「何を云います。左門さんは敵討ちの討手を返り討ちにした迄です」

麟太郎は告げた。

「相良恭之介は金貸し勘三郎と妾のおつやを斬り殺した人殺し、下手な真似をすると江戸中の岡っ引と下っ引が黙っちゃあいませんぜ」

亀吉は、十手を構えて若い家来たちに啖呵《たんか》を切った。

若い家来たちは顔を見合わせ、斃《たお》れている恭之介を残して中屋敷内に戻って行った。

「相良恭之介、哀れな……」

左門は、斃れている恭之介をじっと見詰めた。

麟太郎は、左門の辛さと虚しさを知った。

金貸し勘三郎と妾のおつやを殺した相良恭之介は、討ち果たされた。

博奕打ちの竜次は、貸元の長五郎に命じられて金貸し勘三郎と妾おつやを殺したと白状した。

根岸肥前守は、博奕打ちの貸元聖天の長五郎と配下の竜次を死罪に処した。

「それで平九郎。風間左門は如何致した……」

肥前守は、恭之介を斬り棄てた風間左門を敵討ちでの返り討ちと認め、罪を問う事なく放免した。

「はい。風間左門、刀を棄て、僧となって修行の旅に出るそうにございます」

正木平九郎は告げた。

「そして、斬り棄てた相良軍兵衛、恭之介父子の菩提《ぼだい》を弔《とむら》うか……」

「おそらく……」

平九郎は頷いた。

「敵討ちとは虚しいものだな……」

肥前守は、庭を眺めながら小さな吐息を洩らした。


僧となった風間左門は、微笑《ほほえ》んだ。

「麟太郎さん、いかいお世話になりましたな。お礼の言葉もありません」

左門は、丸めた頭を深々と下げた。

「いいえ。ならば左門さん、お達者で……」

麟太郎は、雲水《うんすい》として旅立つ左門を見送った。

左門は、饅頭笠《まんじゅうがさ》を被って錫杖《しゃくじょう》を手にし、確かな足取りで出立《しゅったつ》して行った。
麟太郎は、振り返って頭を下げる左門に大きく手を振った。
おそらく、二度と逢う事はあるまい……。
麟太郎は、風間左門の新たな旅立ちを祝った。

本書は文庫書下ろし作品です。

|著者|藤井邦夫　1946年、北海道旭川生まれ。テレビドラマ「特捜最前線」「水戸黄門」などの脚本家、監督を経て、2002年に作家デビュー。以降、多くの時代小説を手がける。「新・秋山久蔵御用控」「新・知らぬが半兵衛手控帖」「日暮左近事件帖」「江戸の御庭番」などのシリーズがある。

仇討《あだう》ち異聞《いぶん》　大江戸閻魔帳《おおえどえんまちよう》(八)

藤井邦夫《ふじいくにお》

講談社文庫

定価はカバーに
表示してあります

2023年8月10日第1刷発行

KODANSHA

発行者――髙橋明男
発行所――株式会社　講談社
東京都文京区音羽2-12-21　〒112-8001
電話　出版　(03)　5395-3510
　　　販売　(03)　5395-5817
　　　業務　(03)　5395-3615

Printed in Japan

デザイン―菊地信義
本文データ制作―講談社デジタル製作
印刷――株式会社KPSプロダクツ
製本――株式会社国宝社

ISBN978-4-06-532801-9

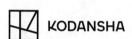

講談社文庫刊行の辞

二十一世紀の到来を目睫に望みながら、われわれはいま、人類史上かつて例を見ない巨大な転換期をむかえようとしている。

世界も、日本も、激動の予兆に対する期待とおののきを内に蔵して、未知の時代に歩み入ろうとしている。このときにあたり、創業の人野間清治の「ナショナル・エデュケイター」への志を現代に甦らせようと意図して、われわれはここに古今の文芸作品はいうまでもなく、ひろく人文・社会・自然の諸科学から東西の名著を網羅する、新しい綜合文庫の発刊を決意した。

激動の転換期はまた断絶の時代である。われわれは戦後二十五年間の出版文化のありかたへの深い反省をこめて、この断絶の時代にあえて人間的な持続を求めようとする。いたずらに浮薄な商業主義のあだ花を追い求めることなく、長期にわたって良書に生命をあたえようとつとめるところにしか、今後の出版文化の真の繁栄はあり得ないと信じるからである。

同時にわれわれはこの綜合文庫の刊行を通じて、人文・社会・自然の諸科学が、結局人間の学にほかならないことを立証しようと願っている。かつて知識とは、「汝自身を知る」ことにつきていた。現代社会の瑣末な情報の氾濫のなかから、力強い知識の源泉を掘り起し、技術文明のただなかに、生きた人間の姿を復活させること。それこそわれわれの切なる希求である。

われわれは権威に盲従せず、俗流に媚びることなく、渾然一体となって日本の「草の根」をかたちづくる若く新しい世代の人々に、心をこめてこの新しい綜合文庫をおくり届けたい。それは知識の泉であるとともに感受性のふるさとであり、もっとも有機的に組織され、社会に開かれた万人のための大学をめざしている。大方の支援と協力を衷心より切望してやまない。

一九七一年七月

野間省一

伊藤痴遊
隠れたる事実
明治裏面史

歴史の九割以上は人間関係である！　講談師にして自由民権の闘士が巧みな文辞で説く、維新の光と影。新政府の基盤が固まるまでに、いったいなにがあったのか？

解説＝木村　洋
いZ1
978-4-06-512927-2

伊藤痴遊
続　隠れたる事実
明治裏面史

維新の三傑の死から自由民権運動の盛衰、日清・日露の栄光の勝利を説く稀代の講釈師は過激事件の顚末や多くの疑獄も見逃さない。戦前の人びとを魅了した名調子！

解説＝奈良岡聰智
いZ2
978-4-06-532684-8

講談社文庫　目録

藤田宜永　女系の教科書
藤田宜永　血 の 弔 旗
藤田宜永　大 雪 物 語
藤　水名子　紅 嵐 記 (上)(中)(下)
藤原伊織　テロリストのパラソル
藤本ひとみ　新・三銃士 少年編・青年編〈ダルタニャンとミラディ〉
藤本ひとみ　皇妃エリザベート
藤本ひとみ　失楽園のイヴ
藤本ひとみ　密室を開ける手
藤本ひとみ　数 学 者 の 夏
福井晴敏　亡国のイージス (上)(下)
福井晴敏　終戦のローレライ I～IV
藤原緋沙子　遠 花 火〈見届け人秋月伊織事件帖〉
藤原緋沙子　春《はる》疾《はや》風《て》〈見届け人秋月伊織事件帖〉
藤原緋沙子　暖《ぬくめ》鳥《どり》〈見届け人秋月伊織事件帖〉
藤原緋沙子　霧 の 路《みち》〈見届け人秋月伊織事件帖〉
藤原緋沙子　鳴《なる》子《こ》守《もり》〈見届け人秋月伊織事件帖〉
藤原緋沙子　夏 ほ た る〈見届け人秋月伊織事件帖〉
藤原緋沙子　笛 吹 川〈見届け人秋月伊織事件帖〉

藤原緋沙子　青《せい》 嵐《らん》〈見届け人秋月伊織事件帖〉
椹野道流　亡 羊 の 嘆〈鬼籍通覧〉
椹野道流　新装版 暁 天 の 星〈鬼籍通覧〉
椹野道流　新装版 無《む》明《みょう》の 闇〈鬼籍通覧〉
椹野道流　新装版 壺《こ》中《ちゅう》の 天〈鬼籍通覧〉
椹野道流　新装版 隻《せき》 手《しゅ》 の 声〈鬼籍通覧〉
椹野道流　新装版 禅《ぜん》 定《じょう》 の 弓〈鬼籍通覧〉
椹野道流　池《ち》 魚《ぎょ》 の 殃《わざわい》〈鬼籍通覧〉
椹野道流　南《なん》 柯《か》 の 夢〈鬼籍通覧〉
深水黎一郎　ミステリー・アリーナ
藤谷　治　花 や 今 宵 の
古市憲寿　働き方は「自分」で決める
船瀬俊介　かんたん「1日1食」!!〈万病が治る！ 20歳若返る！〉
藤野可織　ピエタとトランジ
古野まほろ　身元不明《ジェーン・ドウ》〈特殊殺人対策官　箱崎ひかり〉
古野まほろ　陰 陽 少 女
古野まほろ　陰 陽 少 女〈妖刀村正《むらまさ》殺人事件〉
古野まほろ　禁じられたジュリエット
藤崎　翔　時間を止めてみたんだが

藤井邦夫　大江戸閻魔帳《えんまちょう》
藤井邦夫　三 つ の 顔〈大江戸閻魔帳(二)〉
藤井邦夫　渡 世 人〈大江戸閻魔帳(三)〉
藤井邦夫　笑 う 女〈大江戸閻魔帳(四)〉
藤井邦夫　罰《ばち》当《あた》り〈大江戸閻魔帳(五)〉
藤井邦夫　福 の 神〈大江戸閻魔帳(六)〉
藤井邦夫　野 暮 天〈大江戸閻魔帳(七)〉
福澤徹三 糸柳寿昭　忌《い》 み 地〈怪談社奇聞録〉
福澤徹三 糸柳寿昭　忌 み 地 弐〈怪談社奇聞録〉
福澤徹三 糸柳寿昭　忌 み 地 惨〈怪談社奇聞録〉
福澤徹三　作 家 ご は ん
藤井太洋　ハロー・ワールド
藤野嘉子　生き方がラクになる 60歳からは「小さくする」暮らし
富良野　馨《かおる》　この季節が嘘だとしても
辺見　庸　抵 抗 論
星　新一　エヌ氏の遊園地
星　新一 編　ショートショートの広場 (1)～(9)
本田靖春　不 当 逮 捕
保阪正康　昭和史 七つの謎

松本清張 新装版 増上寺刃傷
松本清張他 日本史七つの謎
松谷みよ子 ちいさいモモちゃん
松谷みよ子 モモちゃんとアカネちゃん
松谷みよ子 アカネちゃんの涙の海
眉村　卓 ねらわれた学園
眉村　卓 なぞの転校生
麻耶雄嵩 翼ある闇〈メルカトル鮎最後の事件〉
麻耶雄嵩 痾《あ》
麻耶雄嵩 メルカトルかく語りき
麻耶雄嵩 夏と冬の奏鳴曲《ソナタ》〈新装改訂版〉
麻耶雄嵩 神様ゲーム
町田　康 耳そぎ饅頭
町田　康 権現の踊り子
町田　康 浄　土
町田　康 猫にかまけて
町田　康 猫のあしあと
町田　康 猫とあほんだら
町田　康 猫のよびごえ
町田　康 真実真正日記
町田　康 宿屋めぐり
町田　康 人間小唄
町田　康 スピンク日記
町田　康 スピンク合財帖
町田　康 スピンクの壺
町田　康 スピンクの笑顔
町田　康 ホサナ
町田　康 猫のエルは
町田　康 記憶の盆をどり
舞城王太郎 煙か土か食い物〈Smoke, Soil or Sacrifices〉
舞城王太郎 好き好き大好き超愛してる。
舞城王太郎 私はあなたの瞳の林檎
舞城王太郎 されど私の可愛い檸檬
真山　仁 虚像の砦
真山　仁 新装版 ハゲタカ(上)(下)
真山　仁 新装版 ハゲタカII(上)(下)
真山　仁 レッドゾーン(上)(下)
真山　仁 グリード〈ハゲタカIV〉(上)(下)
真山　仁 ハーディ〈ハゲタカ2・5〉(上)(下)
真山　仁 スパイラル〈ハゲタカ4・5〉
真山　仁 シンドローム〈ハゲタカ5〉(上)(下)
真山　仁 そして、星の輝く夜がくる
真梨幸子 孤《こ》虫《ちゅう》症《しょう》
真梨幸子 深く深く、砂に埋めて
真梨幸子 女ともだち
真梨幸子 えんじ色心中
真梨幸子 カンタベリー・テイルズ
真梨幸子 イヤミス短篇集
真梨幸子 人生相談。
真梨幸子 私が失敗した理由は
真梨幸子 三匹の子豚
真梨幸子 まりも日記
松本裕士 兄弟〈追憶のhide〉
円居　挽 原作 福本伸行 カイジ ファイナルゲーム 小説版
松岡圭祐 探偵の探偵
松岡圭祐 探偵の探偵II
松岡圭祐 探偵の探偵III

松岡圭祐　探偵の探偵IV
松岡圭祐　水鏡推理
松岡圭祐　水鏡推理II〈インパクトファクター〉
松岡圭祐　水鏡推理III〈パレイドリア・フェイス〉
松岡圭祐　水鏡推理IV〈アノマリー〉
松岡圭祐　水鏡推理V〈ニュークリアフュージョン〉
松岡圭祐　水鏡推理VI〈クロノスタシス〉
松岡圭祐　探偵の鑑定I
松岡圭祐　探偵の鑑定II
松岡圭祐　万能鑑定士Qの最終巻〈ムンクの〈叫び〉〉
松岡圭祐　黄砂の籠城(上)(下)
松岡圭祐　シャーロック・ホームズ対伊藤博文
松岡圭祐　八月十五日に吹く風
松岡圭祐　生きている理由
松岡圭祐　黄砂の進撃
松岡圭祐　瑕《か》疵《し》借り
松原　始　カラスの教科書
益田ミリ　五年前の忘れ物
益田ミリ　お茶の時間

マキタスポーツ　一億総ツッコミ時代〈決定版〉
丸山ゴンザレス　ダークツーリスト〈世界の混沌《カオス》を歩く〉
松田賢弥　したたか　総理大臣・菅義偉の野望と人生
真下みこと　#柚莉愛《ゆりあ》とかくれんぼ
松野大介　インフォデミック〈コロナ情報氾濫〉
三島由紀夫　TBSヴィンテージクラシックス 編　告白　三島由紀夫未公開インタビュー
三浦綾子　ひつじが丘
三浦綾子　岩に立つ
三浦綾子　あのポプラの上が空〈新装版〉
三浦明博　滅びのモノクローム
三浦明博　五郎丸の生涯
宮尾登美子　新装版　天璋院篤姫(上)(下)
宮尾登美子　新装版　一絃の琴
宮尾登美子　東福門院和子《まさこ》の涙(上)(下)〈レジェンド歴史時代小説〉
皆川博子　クロコダイル路地
宮本　輝　骸骨ビルの庭(上)(下)
宮本　輝　新装版　二十歳《はたち》の火影《ほかげ》
宮本　輝　新装版　命の器
宮本　輝　新装版　避暑地の猫

宮本　輝　新装版　ここに地終わり 海始まる(上)(下)
宮本　輝　新装版　花の降る午後(上)(下)
宮本　輝　新装版　オレンジの壺(上)(下)
宮本　輝　にぎやかな天地(上)(下)
宮本　輝　新装版　朝の歓び(上)(下)
宮城谷昌光　夏姫春秋(上)(下)
宮城谷昌光　花の歳月
宮城谷昌光　重耳《ちょうじ》(全三冊)
宮城谷昌光　介《かい》子《し》推《すい》
宮城谷昌光　孟嘗君　全五冊
宮城谷昌光　子産(上)(下)
宮城谷昌光　湖底の城〈呉越春秋〉一
宮城谷昌光　湖底の城〈呉越春秋〉二
宮城谷昌光　湖底の城〈呉越春秋〉三
宮城谷昌光　湖底の城〈呉越春秋〉四
宮城谷昌光　湖底の城〈呉越春秋〉五
宮城谷昌光　湖底の城〈呉越春秋〉六
宮城谷昌光　湖底の城〈呉越春秋〉七
宮城谷昌光　湖底の城〈呉越春秋〉八

講談社文庫　目録

2023年6月15日現在